I0717099

# DESEOS TÁCITOS

## MULTIMILLONARIOS DE MANHATTAN

**NATASHA GRACE**

Copyright © 2023 Natasha Grace

Titulo original: Fallen © 2018 Natasha Grace

Traducción: Carmen Borriño

Diseño de la portada © 2023 Cora Graphics

Imagen de portada © Shutterstock.com

Todos los derechos reservados. Ninguna parte de este libro podrá ser utilizada o reproducida, almacenada o introducida en un sistema de recuperación, o transmitida en cualquier forma o por cualquier medio (electrónico, mecánico, de fotocopia, de grabación o de otro tipo) sin el consentimiento previo por escrito del autor, excepto en el caso de breves citas incorporadas en artículos críticos o reseñas.

Esta es una obra de ficción. Los nombres, personajes, lugares e incidentes son producto de la imaginación del autor o se utilizan de forma ficticia. Cualquier parecido con hechos, lugares o personas reales, vivas o muertas, es pura coincidencia.

ISBN Edición de tapa blanda: 978-1-955895-11-8

# CAPÍTULO UNO

—¡Sam! ¡Estás aquí!

Samantha Collins acababa de dejar su maletín sobre el escritorio cuando Karen Parker la envolvió en un fuerte abrazo.

—Gracias a Dios que has vuelto. Los analistas no han parado de discutir desde que te fuiste.

Sam sonrió mientras se separaba de la alegre pelirroja. Había tenido sus dudas acerca de volver al trabajo, pero esa bienvenida tan cálida la tranquilizó.

—Conociéndolos, estarán discutiendo sobre quién se va a ocupar de las acciones líderes. —Nadie quería invertir su tiempo analizando empresas aburridas y estables cuando podían estar buscando la próxima gran novedad.

Como ella no tenía experiencia analizando empresas cuando tres años atrás empezó a trabajar en Harkin Capital Management, el fondo de inversiones de su marido, se había ofrecido a quitarle las más aburridas de encima.

Pensó que la mejor forma de aprender lo que distinguía a las empresas normales de las muy exitosas era estudiar aquellas que habían sobrevivido al paso del tiempo. Para su sorpresa, disfrutaba con ese trabajo, así que continuó haciéndolo.

Karen levantó una mano y se rio.

—Me acojo a la quinta enmienda. —Tras unos instantes, se puso seria—. ¿Cómo lo estás llevando? —preguntó, escudriñándola con sus ojos marrones.

A Sam se le cerró la garganta. Aunque se sentía agradecida de tener tanta gente que se preocupaba por ella, ese tipo de preguntas le recordaban todo lo que había perdido.

—Volver aquí es mucho más duro de lo que me imaginaba —admitió Sam.

Hacía dos semanas que Jason había fallecido, pero estar en la oficina había reabierto la herida. Todo el lugar estaba plagado de recuerdos de su marido, y era demasiado fácil imaginarlo paseándose por la oficina con esa sonrisa suya tan cálida y preguntándole si podían comer juntos.

La idea de que nunca volvería a hacerlo le provocó un dolor en el pecho y la hizo gemir internamente. Esto era precisamente lo que había querido evitar cuando decidió reincorporarse al trabajo: regodearse en su dolor. Parecía que lo único que hacía últimamente era llorar o lamentarse.

Tenía la esperanza de que el trabajo la ayudase a distraerse de haber perdido a Jason, pero había olvidado que Harkin Capital Management *era* Jason. Su personalidad y su visión llenaban cada rincón de la oficina y siempre sería así.

—Ay, cariño. —Karen le apretó el brazo—. Si necesitas hablar, estoy aquí.

—Gracias. Te lo agradezco.

Karen le dedicó una sonrisa para animarla e hizo un gesto hacia la puerta.

—Más vale que me vaya antes de que alguien me eche en falta. Esto está siendo una locura últimamente. Cuando te apetezca, comemos juntas.

Cuando su amiga se marchó, Sam se quitó el abrigo y lo colgó en el perchero. Le echó una vistazo rápido a la ventana y vio que seguía nevando. Siempre le había encantado el invierno y todo lo que conllevaba: la nieve, el chocolate caliente… Pero, ahora, todas esas cosas le recordaban a las carreteras heladas que le habían arrebatado a Jason. Ya nunca podría volver a mirar la nieve sin recordar su precio letal.

Obligándose a pensar en otra cosa, se giró hacia su escritorio y cogió las tarjetas de pésame que le habían dejado allí. Mientras las metía todas en su maletín, se fijó en el reporte anual que había abandonado allí dos semanas antes, cuando recibió la llamada sobre el accidente de Jason.

Un fabricante de ordenadores que estaba monitoreando lo había publicado ese día y, aunque ya era un poco tarde, pensó que podría acabar de leerlo. ¿Quién sabe? A lo mejor encontraba algo que el mercado hubiera pasado por algo.

Diez minutos después, no había terminado ni la segunda página cuando las palabras empezaron a volverse borrosas. No podía concentrarse.

Lo único en lo que podía pensar era en Jason y en cómo estaría en su oficina pasando lista de la agenda del día si estuviese vivo. Suspirando, apartó la silla de la mesa y se acercó a las ventanas que llegaban hasta el techo. El perfil de Manhattan se recortaba ante ella, pero, por primera vez, esas vistas que siempre había admirado no la impresionaron. Al igual que la oficina, la ciudad estaba llena de recuerdos de su marido.

A la derecha, estaba la familiar fachada del hotel art déco en el que Jason le había pedido matrimonio cuatro años atrás. Él le había dicho que se iban a reunir con un cliente, pero, en realidad, había reservado el restaurante entero y había invitado a todos sus amigos íntimos. Entonces, delante de todo el mundo, hincó una rodilla y le preguntó si quería casarse con él.

Se había sentido tan feliz entonces. Fue como si finalmente hubiera conseguido todo lo que siempre había soñado. Nunca se había imaginado que podían arrebatarle todo ni lo rápido que había sucedido.

Una carretera helada. Jason iba conduciendo demasiado deprisa…

—Has vuelto.

Sorprendida, se giró y vio a Luke Darren, el amigo y socio de su marido, de pie junto a su puerta. Parecía agotado. Tenía ojeras y el pelo negro azabache revuelto como si se lo hubiera alborotado con los dedos unas cuantas veces. Tal y como lo había visto a lo largo de los años cuando trabajaban a contrarreloj, tenía el cuello de la camisa desabrochado y se había aflojado la corbata. La diferencia es que ahora era bien entrada la mañana.

—¿Has pasado aquí toda la noche? —le soltó sin pensar.

Él se acarició la barba incipiente.

—Sí. Acabamos de cerrar un trato con Leeds.

—¿Leeds? ¿La cadena de supermercados? —preguntó, sorprendida. Aunque no había ido a ninguna de sus tiendas recientemente, le parecía que les iba muy bien. Cada vez había más por toda la ciudad. ¿Igual estaban siendo demasiado agresivos con su expansión? ¿Por eso habían pedido dinero a la compañía?

—Sí. Corrían el riesgo de no poder pagar las nóminas. Su entrada en Pennsylvania no ha ido tan bien como esperaban.

Sintió culpa por haber pasado las dos últimas semanas en casa mientras estaba claro que Luke había estado trabajando duro. Él no solo había perdido a su mejor amigo, sino también a su socio comercial. Y, sabiendo lo controlador que era, estaba segura de que había añadido la mayoría de las responsabilidades de Jason, si no todas, a su ya rebosante carga de trabajo.

—¿Hay algo en lo que pueda ayudar? —le preguntó, e inmediatamente se arrepintió de haberlo hecho.

Aunque a lo largo de los años su relación se había asentado en una especie de amistad, sabía lo que Luke realmente pensaba de ella. Tendría que acabarse el mundo para que él admitiera que necesitaba ayuda. Ni siquiera la quería trabajando en la empresa.

—Sí —respondió.

Ella parpadeó. ¿Cuánto tiempo había estado fuera exactamente?

—Estamos haciendo mantenimiento de todos nuestros *holdings* y acuerdos. Le puedo pedir a Sheila que te envíe una lista de algunas empresas para que les eches un vistazo.

Sheila Thompson era la asistente personal de Luke y llevaba trabajando allí desde siempre. Sam no sabía dónde la habían encontrado, pero le parecía un milagro que hubiesen dado con alguien que no estuviera aterrorizado de Luke.

—¿Vamos a hacerlo con todas las empresas a la vez?

Normalmente solo hacían revisiones si llegaba un informe nuevo o surgía alguna novedad. Hacer el mantenimiento de todo era una locura, además de un montón de trabajo extra. Antes de que Harkin comprase una sola acción, al menos tres personas diferentes ya habían revisado las finanzas de la compañía. Revisar todo otra vez sin ninguna información adicional sonaba a locura total. ¿Qué esperaba encontrar exactamente?

La expresión de Luke se ensombreció.

—Sí. Con lo de Cervco y la muerte de Jason, no nos podemos permitir ningún punto débil en nuestro expediente.

A Sam se le encogió el estómago al recordar el fracaso de Cervco. Ya se le había olvidado. La compañía de software había sido uno de los mayores holdings de Harkin hasta que la Comisión de Bolsa y Valores la acusó de falsificación de beneficios. De la noche a la mañana, el precio de las acciones se redujo a más de la mitad. Vendieron todas sus acciones inmediatamente para minimizar las pérdidas, pero el daño ya estaba hecho.

Las palabras de Luke eran un duro recordatorio de que la muerte de Jason tenía un impacto de largo alcance. De repente, su decisión de tomarse dos semanas libres para pasar el duelo en privado le pareció egoísta al pensar en todos los empleados que eran responsabilidad de Harkin, por no hablar de todo el dinero que se les había confiado.

—Claro. —Ayudaría en todo lo que pudiera, aunque le sorprendió que Luke aceptase su oferta. Este era el mismo tío que estaba tan en contra de que ella trabajase allí que le había mentido diciéndole que Jason tenía una aventura. Sí que debía de estar agobiado.

—Te lo agradezco, de verdad.

—Por lo demás, ¿cómo le está yendo a la empresa? —Había oído que dos clientes habían retirado su dinero y esperaba que no hubiera habido ninguno más.

Luke dudó antes de entrar del todo en su despacho y cerrar la puerta tras de sí.

—Creo que vamos a perder a Peter. —Peter Ricci era uno de los mejores gerentes de Harkin. Él y Jason lideraban uno de los dos fondos de referencia de la empresa y Luke se ocupaba del otro. Cuando empezaron, Harkin Capital Management consistía en un solo fondo, pero Luke y Jason no tardaron en añadir más para cubrir las necesidades variadas de sus clientes—. Está disgustado porque elegí a George y no a él para dirigir el fondo de recuperación.

—Oh. —Aunque ya sabía que las responsabilidades de Jason se repartirían entre el resto de los gerentes, le dolía saber que alguien iba a reemplazarlo. Pero así eran las cosas. La vida seguía por más que uno no quisiera—. Vaya, lo siento —murmuró. Que Peter los dejase iba a ser un mazazo, pero estaba de acuerdo con la decisión de Luke.

Aunque el rendimiento de George no era tan grande como el de Peter, por lo menos era capaz de aceptar críticas y reconocer cuando se equivocaba. Con George al mando, había muchas menos posibilidades de que se repitiese la situación de Cervco.

—Mejor que se vaya él que George, ¿no? —preguntó, sabiendo que no había sido una decisión fácil. Peter fue uno de los primeros empleados que contrataron.

Luke asintió y tomó asiento frente a ella. El silencio en su despacho se volvía ensordecedor a medida que pasaban los segundos y él continuaba mirando fijamente el escritorio. Luke nunca había sido muy hablador, pero esto era demasiado incluso para él. Sam estaba a punto de preguntarle por Janet, la asistente de Jason, cuando él se pasó la mano por la cara y suspiró.

—Y se han retirado alrededor de cuatrocientos millones de la empresa desde la muerte de Jason.

*¿Cuatrocientos millones?* Eso era casi un tercio de lo que manejaban.

—¿Cómo? —escupió.

¿Cómo podían haber perdido tanto dinero en tan poco tiempo?

—Ya sabes que Jason siempre fue la cara visible de la compañía.

—Pero a ti también te conoce todo el mundo.

Jason siempre le enseñaba artículos en los que también se mencionaba a Luke. Él no atendía las solicitudes de entrevistas como Jason, pero aun así la gente sabía de él y su papel en la empresa.

*¿Verdad?*

—No tanto como a Jason —contestó Luke mirándola con intención.

Ella negó con la cabeza sin decir nada. ¿Cómo podía la muerte de Jason haber provocado tal éxodo? Era cierto que él era la cara de la compañía y había sido una gran parte del fondo al principio, pero en los últimos años se había alejado un poco para centrarse en hacer obras de caridad y había dejado a Luke dirigiendo las operaciones diarias de la empresa.

Y, sí, era cierto que muchos de sus clientes habían sido amigos personales de Jason, pero los gerentes de Harkin eran muy buenos en su trabajo. Hasta el año pasado, Harkin Capital Management se había superado cada año desde sus inicios. Dejando de lado los amigos y los contactos, la empresa hacía dinero para sus clientes. Mucho dinero. No podía imaginarse que los abandonaran así solo porque Jason había muerto.

—¿Cómo has podido no contármelo? —le preguntó a Luke.

Si hubiera sabido que las cosas estaban tan mal, habría vuelto al trabajo antes. Puede que no hubiera supuesto mucha diferencia, pero al menos habría intentado ayudar. Recordó que Jason le había dejado su parte de la compañía y se dio cuenta de que ahora Luke y ella eran socios igualitarios de Harkin. Ella *debería* haber estado ahí.

—No quería que tuvieras que preocuparte por esto además de todo lo demás.

Hasta Luke la estaba mimando. Si la idea no fuera tan ridícula, se reiría. Él nunca había sido su mayor fan precisamente.

De repente, le acudió un pensamiento a la cabeza.

—Espera… ¿Vamos a tener que despedir a alguien? —

Un golpe de redención como ese tendría efectos drásticos en el resultado final de la empresa.

—¿Ahora mismo? No. Siempre hemos sido conservadores en cuanto a los gastos generales. Pero, si seguimos perdiendo clientes… —Él se encogió de hombros y ella sintió un escalofrío. Había visto a muchos fondos de cobertura recortar personal a lo largo de los años. Normalmente a los analistas financieros y los gestores de cartera les iba bien, pero muchos otros, como los agentes de bolsa y el personal administrativo, no corrían la misma suerte. La idea de despedir a las personas que se habían convertido en familia para ella la puso enferma. Nunca se imaginó que esto podría sucederle a Harkin; la empresa siempre había parecido muy fuerte.

—¿Te importaría asistir a la reunión del martes? —preguntó Luke—. George la va a dirigir, pero me sentiría más cómodo sabiendo que tú también vas a estar allí.

—¿Tú no vas? —Desde que ella empezó a trabajar en Harkin, Luke nunca se había perdido la reunión semanal entre los gestores de cartera y los analistas financieros de la empresa. Era un gerente demasiado activo como para delegar. Y, ahora, no solo se iba a perder una reunión, sino que quería que ella fuera su segunda al mando. Su confusión no hacía más que crecer mientras asentía con la cabeza.

—Gracias. —Luke sonrió mientras se levantaba—. Me alegro mucho de que hayas vuelto, Sam.

Una parte de ella quería recordarle esa época en la que él ni siquiera la quería allí, pero se resistió. Meter cizaña no le serviría de ayuda a nadie, y más teniendo en cuenta que ella tenía la intención de seguir trabajando allí. La empresa había significado mucho para Jason y quería mantenerla viva por él.

—Yo también —murmuró ella, y le sorprendió hasta qué punto era verdad. Su trabajo y la gente con la que trabajaba. Ese era su sitio, y Luke se iba a tener que aguantar.

# CAPÍTULO DOS

Era hora de dejar el pasado atrás. O, al menos, eso era lo que Samantha se decía a sí misma mientras recorría el camino hasta el despacho de Luke desde la planta de transacciones más tarde esa semana.

Había recuperado el ritmo en Harkin rápidamente y le había dado un buen avance a la lista de las empresas que Luke le había pedido que comprobara. Por suerte, las que había revisado hasta el momento estaban en buena forma y en vías de cumplir los objetivos previstos.

Una de las precauciones extra que Luke había implementado durante la revisión fue asegurarse de que ninguno de los analistas revisase su propio trabajo. Había repartido el trabajo de forma anónima para que ninguno supiera qué era lo que los otros estaban revisando a menos que se lo contasen los unos a los otros.

Era una idea inteligente por la que ella estaba especialmente agradecida. Siempre había tenido la sospecha de que otros analistas se mostraban reticentes a criticar sus informes porque era la mujer del jefe. Con suerte, el hecho de hacer los análisis de forma anónima les daría carta blanca para decir lo que de verdad pensaban acerca de su trabajo.

Como ambos tenían mucha carga de trabajo, Sam no había visto mucho a Luke desde el día en que se reincorporó y, aunque en el pasado siempre se habían evitado, no podían seguir así. Ahora que eran socios, tenían que asegurarse de que estaban de acuerdo, y no podían hacerlo si nunca coincidían en la misma habitación. Iban a tener que aprender a llevarse bien, y, ya que Luke no parecía tener mucha prisa por cambiar la situación, le tocaba a ella dar el paso.

Y ya iba siendo hora.

Vale que él se había comportado como un capullo cuando le mintió diciéndole que Jason tenía una aventura hacía varios años, pero quizá su intención había sido protegerlo. En su día, mucha gente pensó que Jason se había casado con alguien inferior, y era probable que Luke fuera de la misma opinión. Si ese había sido el caso, no podía condenar que alguien se preocupase por un amigo, aunque estuviera totalmente equivocado.

Pero, aun así, el resentimiento seguía ahí. En aquel momento, le había horrorizado lo bajo que él estaba dispuesto a caer para convencerla de que dejase a Jason y, por lo tanto, la empresa. Ella sabía lo mucho que Jason la había querido. Pero, por el bien de la amistad de Jason y Luke, nunca le habló de esa conversación. En su lugar, se distanció de Luke tanto como pudo y se limitó a ser tan educada con él como fuese necesario.

Pero ahora todo era distinto. La evasión y la cortesía ya no bastaban.

Suspiró mientras apretaba más fuerte la cajita que llevaba en la mano. Dentro estaba uno de los dos relojes que Jason y Luke habían comprado después de que la empresa recaudase sus primeros honorarios. Ya entonces supieron que iba a ser todo un éxito. Estaban tan seguros de ello que se gastaron la mayor parte de las ganancias de ese año en los relojes sin pensarlo dos veces. Fue una tontería por su parte, pero querían reafirmarse a sí mismos en que el dinero que ganaron aquel año no iba a ser nada en comparación con el que iban a ganar en el futuro. Y no se equivocaron. Ahora, esos relojes caros y extravagantes eran como calderilla para ellos.

Pensó que regalarle a Luke el reloj de Jason le demostraría que estaba dispuesta a empezar de cero, que podían forjar una relación profesional.

El reloj también era una forma de agradecerle todo lo que había hecho en cuanto a los preparativos del funeral. Si la hubieran dejado a ella a cargo, habría sido un desastre, y dudaba que los padres de Jason lo hubieran hecho mejor. Y él se había encargado de todo sin que ella se lo pidiera siquiera. Lo único que de lo que se había tenido que ocupar ella fue asistir y siempre le estaría agradecida por ello.

Era temprano, así que la asistente de Luke no había llegado aún. Samantha llamó suavemente a la puerta de su despacho.

—Pasa —resonó su voz.

«Bueno, ahora o nunca».

—Hola —murmuró ella mientras entraba. Luke levantó

la mirada de su ordenador y una expresión de sorpresa cruzó sus ojos oscuros cuando la vio.

—Hola —replicó él con cautela.

¿Estaba cometiendo un error? ¿Acaso él malinterpretaría su gesto? No. No iba a dejar que sus preocupaciones la detuvieran. Él había sido muy amable las semanas posteriores a la muerte de Jason y cuando ella había vuelto a la oficina, y se había asegurado de que no se sintiera abrumada con demasiado trabajo.

Además, había trabajado muchísimo para construir Harkin Capital Management. Si era completamente sincera, dudaba que Jason hubiera podido alcanzar el nivel de éxito que tuvo sin Luke. Aunque Jason era un analista financiero y gestor de cartera increíble, nunca tuvo la perseverancia y la tenacidad de Luke. Para Luke la empresa era lo primero, mientras que Jason a menudo se distraía con otras prioridades.

Y era cierto que Jason les había conseguido la mayoría de sus clientes, pero fue Luke el que consiguió los beneficios extraordinarios que mantuvieron satisfechos a dichos clientes a lo largo de los años, y también fue él el que tomó el relevo cuando Jason decidió centrarse más en las obras benéficas. Así que, sí. Luke se merecía el reloj.

Sam se sentó en una de las sillas de cuero que había en frente del escritorio de caoba.

—He estado haciendo limpieza de algunas de las cosas de Jason y creo que le habría gustado que te quedaras con esto. —Sonrió mientras le tendía la caja.

Luke la cogió con un brillo curioso en los ojos. Se quedó congelado cuando se dio cuenta de lo que era. Carraspeando, la abrió y sacó el reloj. Las luces LED del techo arrancaron reflejos a los diamantes incrustados en la esfera mientras lo miraba con reverencia.

—Yo… —La miró y sacudió la cabeza—. Gracias, Samantha. —Su voz estaba teñida de emoción y eso la sorprendió. Siempre había sido muy serio.

Todo lo que había planeado decirle sobre que él y Jason eran el equipo perfecto le pareció muy manido de repente. Aunque era verdad que se habían complementado a la perfección, ya que las debilidades del uno eran el punto fuerte del otro, se podía imaginar la cantidad de veces que Luke habría oído lo mismo desde la muerte de Jason.

—Si necesitas hablar, aquí estoy —dijo en su lugar.

Los ojos de Luke reflejaron tristeza.

—Gracias, lo mismo te digo.

Ella asintió y el silencio llenó la habitación. Miró la estantería que había a un lado y se dio cuenta de que era la primera vez que estaba en su despacho desde que él le dijo que Jason la engañaba.

Todavía recordaba cómo esas palabras habían puesto su mundo patas arriba y lo dolida y enfadada que se había sentido. Tras meses de llevarse mal, había pensado que por fin se habían hecho amigos. Había dejado de mirarla con mala cara e incluso le había sonreído un par de veces. No tenía ni idea de que ese comportamiento formaba parte de un plan mayor para intentar deshacerse de ella. En cuanto bajó un poco la guardia, él aprovechó para contarle mentiras.

Se le tensó la espalda ante el recuerdo y se levantó de un salto de la silla.

—Bueno, te dejo que sigas trabajando —dijo haciendo un gesto hacia los documentos que había sobre el escritorio. Que hubiera decidido perdonarlo no significaba que estuviera lista para olvidar.

Ya casi había llegado a la puerta cuando Luke la detuvo.

—Samantha.

Apretó el puño mientras se daba la vuelta para mirarlo.

—Gracias —dijo él levantando el reloj—. Esto significa mucho para mí.

Su mirada era sincera y ella se dio cuenta de que, si bien Jason había estado celoso de Luke algunas veces, nunca había visto a Luke celoso de Jason. Era un pensamiento desconcertante.

—No hay de qué.

* * *

*El tío seguía hablando.*

Más tarde, ese mismo día, Luke Darren luchaba para no mirar el reloj situado en la esquina de la sala de reuniones. Siempre había opinado que las reuniones con los clientes eran una pérdida de tiempo, pero no podía permitirse el lujo de ofender a ninguno más al negarse a reunirse con ellos. Había aprendido por las malas durante las últimas semanas que algunos clientes no se conformaban con nada que no fuera hablar con el jefe. Es más, lo sentían como un derecho.

La culpa lo asaltaba al saber que podría haber impedido que algunos de sus inversores abandonasen Harkin de haber dedicado un poco de tiempo a hablar con ellos personalmente y tranquilizarlos como solía hacer Jason. Aunque entendía la importancia de forjar una buena relación con los clientes, él estaba convencido de que su trabajo hablaba por sí solo. Los excelentes beneficios de Harkin deberían haber bastado para tener contentos a los clientes sin tener que entretenerlos constantemente.

Se lo tendría que haber imaginado.

Ya se estaba librando de esas comidas en la que cada plato se pagaba a mil dólares, que él consideraba chantaje legal, pero por las que Jason siempre había optado. Lo mínimo que podía hacer era reunirse con la gente que había solicitado verlo, pero lo que hizo en su lugar fue mandar un correo electrónico en masa. No había estado muy fino.

Pensar en las cosas a toro pasado era una auténtica putada.

En ese momento, no había visto ninguna necesidad de tener todas esas reuniones personales. Cuando los clientes no hablaban de yates o nuevos musicales de Broadway, intentaban sonsacarle información sobre las inversiones de la compañía. Era ridículo. Como si se hubiera tomado la molestia de hacer confidenciales sus informes de la Comisión de Bolsa y Valores para luego soltárselos a un cliente.

Sabía perfectamente que había gente, incluyendo los propios clientes de la empresa, que querían replicar la cartera de valores de Harkin para evitar pagar gastos de gestión. Y, aunque era halagador que intentaran copiarle, también incrementaba los precios de las acciones que tenían de forma anormal. En algunos momentos de su carrera había querido comprar más acciones de una empresa, pero no había podido porque esos imitadores ya habían aumentado los precios.

Hank Randall, al que se le daba casi tan bien lidiar con los clientes como a Jason, debería haber estado en la reunión de esa noche para ayudarle a guiar la conversación, pero su mujer había roto aguas por la mañana. Al parecer, unas semanas antes de la cuenta.

Luke ni siquiera sabía que Barbara estaba embarazada y, aunque se alegraba por su director de operaciones, se preguntaba por qué no le había contado nada hasta ese momento. Todos los días pasaban horas juntos y ¿a Hank ni siquiera se le había ocurrido mencionarle que él y su mujer estaban esperando su primer hijo?

—Es un colegio muy exclusivo —dijo Thomas Blain, el heredero de una cadena hotelera con el que Luke estaba atrapado.

Luke se preguntaba qué pensaría ese tío si le contase que él había ido toda su vida a colegios públicos hasta que llegó a la universidad. Sus padres ni siquiera habían podido permitirse llevarlo a la guardería. Seguramente, Thomas retiraría su dinero del fondo a primera hora de la mañana si lo supiera. La gente como él no quería tener nada que ver con la clase trabajadora, aunque fuera su trabajo el que había enriquecido a sus familias.

—La matrícula cuesta cuarenta y nueve mil dólares al año, pero merece la pena —presumió Thomas—. Tienen una ratio de cuatro alumnos por profesor y, según el ranking de *Wealth*, es el mejor colegio de la Costa Este. Era el único colegio que podíamos considerar para nuestro hijo, la verdad.

A Luke le tembló el ojo. No le importaba a qué colegio había mandado Thomas a su hijo ni cuánto le había costado, solo quería encontrar una forma de terminar la reunión sin ofender a otro cliente. Todavía tenía muchas cosas que hacer esa noche. Hacía poco había descubierto que Jason había estado sobreendeudando el dinero de sus clientes en el fondo de recuperación, y ahora estaba liquidando algunas de sus acciones más arriesgadas lo más rápido posible para mitigar el peligro. Odiaba tener que hacer muchas de esas operaciones basándose en su intuición y no en una buena investigación, pero no tenía tiempo de permitirse ese lujo.

A una parte de él aún le costaba aceptar lo que había hecho Jason. Sabía que éste había quedado mal con los medios cuando pillaron a uno de sus holdings más importantes falsificando sus beneficios, pero aun así no creyó que fuera a incumplir el trato que tenían.

Cuando abrieron el fondo de rescate, habían acordado valerse de él tres veces como máximo. Comprar acciones con dinero prestado era arriesgado, pero era un riesgo calculado y acordaron ser especialmente cuidadosos. Incluso si una o dos de las empresas del fondo se desplomaban, sus otros holdings podrían compensar las pérdidas.

Pero Jason había utilizado los fondos ocho veces. Si el mercado hubiera cambiado de repente, ese sobre apalancamiento no solo habría afectado a los clientes que les habían confiado su dinero, sino que habría sido el fin de Harkin.

—Su hijo debe ser muy inteligente —dijo Luke sin ganas, obligándose a centrarse en la conversación y no en los holdings que tenía que vender.

*Joder. Estas reuniones se hacían eternas.* Si Hank no podía estar presente en las reuniones que Luke tenía programadas para el día siguiente, George u otro de los gerentes iban a tener que acudir para ayudarlo a que la conversación fluyera. No podía arriesgarse a otro desastre como el de esa noche. Podía hablar de negocios y estrategias de inversión todo el día si hacía falta, pero lo de la conversación trivial se le daba de pena.

Thomas sacó pecho.

—Pues sí. Es bastante listo para su edad.

Luke estaba a punto de decir «de tal palo, tal astilla», pero se quedó congelado al ver a Sam caminando por la planta de transacciones. *¿Aún sigue aquí?* Eran más de las siete. Se estaba preguntando si no serían imaginaciones suyas cuando vio que llevaba el mismo vestido azul oscuro de aquella mañana cuando lo visitó en su oficina.

Thomas debía de haber seguido su mirada, porque dijo:

—Oh. ¿Es la mujer de Jason?

—Sí. —Sabiendo que esa reunión no iba a tardar en morir estando los dos solos, Luke se levantó. —Un momento. Voy a presentársela.

Abrió la puerta y asomó la cabeza mientras Sam se acercaba. Cuando lo vio, sus pasos se volvieron inseguros y a él se le encogió el estómago. Todavía desconfiaba de él. Tenía la esperanza de que el hecho de haberle dado el reloj significase que lo había perdonado por contarle que Jason la engañaba, pero quizá algunas heridas eran demasiado profundas para cerrarse del todo.

A sabiendas de que no era el momento ni el lugar de

pensar en las cosas que podría haber hecho de otra forma, apartó el pensamiento de su mente.

—Eh, Sam. ¿Puedes venir un segundo?

Ella dudó por un momento.

—Claro.

Sintió su aroma a vainilla cuando entró en la habitación y agarró el picaporte con más fuerza. Ese no era el momento de pensar en Sam así. Nunca lo era, se corrigió rápidamente. Que Jason ya no estuviera no significaba que de pronto fuera a tener una oportunidad con Sam. Daba igual que su amigo no la hubiera apreciado como debía. Los amigos no se robaban las esposas.

Luke le debía a Jason todo lo que tenía. Si él no lo hubiera invitado a crear un fondo, probablemente ahora mismo sería un simple analista en Brown and Hale. Nunca habría soñado con tener su propio fondo de inversiones. No tenía el dinero ni los contactos para hacerlo. Y, por si todo lo que Jason había hecho por él no fuera poco, ¿también quería quedarse con su mujer?

Asqueado de sí mismo, miró a Thomas mientras hacía las presentaciones.

—Sam, este es Thomas Baine. Thomas, esta es Samantha Collins.

Además, tampoco es que Sam estuviera interesada.

—Hola, Samantha. Me alegro de conocerla al fin —dijo Thomas tendiéndole la mano—. Jason me ha hablado mucho de usted.

Sam miró a Luke con asombro antes de volverse hacia Thomas.

—Cosas buenas, espero —dijo sonriéndole mientras le estrechaba la mano.

Thomas se rio.

—Por supuesto, aunque no mencionó lo guapa que es.

Veinte minutos después, Luke se reía para sus adentros a medida que la conversación derivaba hacia la cocina. Samantha *odiaba* cocinar. Al ser la hija mayor de dos obreros que trabajaban a tiempo completo, siempre le había tocado cocinar a ella. Ahora que podía permitirse el lujo de contratar a un cocinero, lo había aprovechado, lógicamente.

—¿Hace su propia pasta? —preguntó Thomas. La pregunta era puramente retórica porque, antes de que Sam pudiera responder, comenzó un monólogo sobre el cortador de pasta que había comprado hacía poco.

Thomas no parecía darse cuenta de que el interés de Samantha era fingido, como lo había sido el de Luke cuando hablaban del colegio de su hijo, pero no podía culparlo. Si Samantha le estuviera dedicando toda su atención a él, no sería capaz ni de recordar su propio nombre.

Por enésima vez, se felicitó mentalmente por haber arrastrado a Sam a la reunión. Aunque al principio se la veía insegura, rápidamente se hizo con el control al entablar conversación con Thomas, y Luke estaba agradecido por ello. Al hacer que Thomas se sintiera cómodo, ella se había asegurado de que se marchara de allí convencido de que todo iba bien en Harkin. Si lo hubieran dejado a él solo, Luke sabía que, con su falta de habilidad para las conversaciones triviales y su impaciencia, Thomas se habría sentido incómodo y habría pensado que había problemas en

Harkin. No habría tardado en engrosar la lista de desertores.

Por eso mismo Luke necesitaba un compañero (o, en este caso, compañera) en lo que a tratar con los clientes se refería. Sus puntos fuertes eran los números y los análisis, pero, en cuanto a tratar con gente, estaba perdido. Joder, su director de operaciones ni siquiera le había contado que iba a ser padre.

Sam se inclinó hacia Thomas como si le estuviera contando un secreto y señaló a Luke con una pequeña sonrisa.

—Puede que no lo sepa, pero, aquí donde lo ve, Luke hace unas costillas de muerte.

Luke parpadeó, sorprendido de que lo recordase. Había cocinado para ella y Jason dos años atrás y no había sido consciente de causar ningún tipo de impresión en ella. Aunque sí que dijo que la comida estaba «maravillosa», Luke pensó que simplemente estaba siendo educada. ¿La habría disfrutado de verdad? La idea le complacía más de la cuenta.

—¿En serio? —pregunto Thomas volviéndose hacia él—. ¿Cuál es el secreto? Yo he intentado prepararlas unas cuantas veces, pero la salsa siempre me queda demasiado aceitosa.

—Normalmente las dejo marinando la noche antes y luego les quito el exceso de grasa antes de cocinarlas. —Luke hacía las costillas como le había enseñado su madre y para él no había ningún misterio en ello. —El tiempo extra de marinado resalta el sabor del vino.

—¿Y qué vino usa?

—Cabernet.

—Ah, qué interesante —dijo Thomas—. Yo he estado usando jerez. ¿Ha probado las costillas de Jacques Martin? He estado intentado replicar su receta.

Luke forzó una sonrisa mientras Thomas hablaba de cómo, la primera vez, se le había quemado la carne, y la segunda, había quedado dura. Miró de reojo a Sam y vio que le estaba sonriendo. Era la primera sonrisa genuina que le había dedicado en años y no pudo evitar devolvérsela.

Thomas miró su reloj.

—Lo siento, tengo que irme ya. Como me pierda el recital de mi hijo, mi mujer me mata.

—No pasa nada —dijo Luke levantándose de un salto—. Ha sido un placer conocerlo.

—Lo mismo digo —contestó Thomas poniéndose de pie. Se volvió hacia Samantha—. Y no olvide enviarme la receta por correo —dijo refiriéndose a una receta de estofado que Sam tenía. Se palpó el bolsillo de la camisa—. ¿Le he dado mi tarjeta?

—Mañana le pediré a Janet su información.

Él sonrió de oreja a oreja y Luke casi puso los ojos en blanco. Probablemente la madre de Jason le había pasado la receta a Sam y ella ni siquiera había intentado hacerla.

—Gracias. —Thomas se volvió hacia Luke y le estrechó la mano—. Y gracias de nuevo por reunirse conmigo, sé que está ocupado.

Luke estaba a punto de contestar «cuando quiera», pero recordó lo horriblemente mal que había ido la reunión hasta que llegó Sam. Aunque esta la había manejado bien, no podía contar con que ella quisiera participar voluntariamente en otras. Ya tenía bastante con lo suyo y, además, a excepción de cuando le dio el reloj, solía huir de él como de la peste. Así que, lo que dijo fue:

—Por supuesto.

Tras acompañar al cliente al ascensor, se dirigieron hacia sus despachos y Samantha miró a Luke.

—Eso ha sido… extraño.

—Siento haberte puesto en este compromiso, pero me estaba muriendo ahí dentro —dijo él señalando la sala de reuniones. Esa noche había puesto de manifiesto por qué se había asociado con Jason. Su habilidad para las trivialidades y cortesías le permitían lidiar con los clientes mientras Luke se centraba en lo que hacía mejor: engrosar el capital.

—Ya me imagino. —Sonrió ligeramente mientras ponía los ojos en blanco y él intentó no pensar en lo suaves que parecían sus labios—. No creo haberte visto jamás reunido con un cliente. De hecho, siempre estás hablando de cómo las reuniones son una pérdida de dinero y recursos tal que- ¡Ah, se me ha olvidado decírtelo! Hank y Barbara han tenido un niño. Iba de camino a visitarlos cuando me llamaste.

El hecho de que Hank hubiera llamado a Sam, pero no a él le molestó. Le molestaba que Hank ni siquiera le hubiera mencionado que iban a ser padres. Era algo serio, algo que cualquiera querría compartir con alguien a quien veía todos los días. No quería que Sam se diera cuenta de la poca confianza que tenía con los empleados, así que dijo:

—Qué bien, ¿aún tienes pensado ir?

—Sí. De todas formas, el hospital me pilla de camino a casa.

—Voy contigo. —Ya miraría los informes que le había dado George cuando llegase a casa.

—Lo siento, no quería que te sintieras obligado.

—Y no me siento obligado, quiero ir. Es decir, a menos que tú no quieras… —La forma en la que le había sonreído antes hacía que fuera fácil olvidar que siempre había intentado evitarlo a toda costa.

—No, no, claro que puedes venir. Es que me ha sorprendido, no pensaba que tú hicieras este tipo de cosas.

Y no las hacía. Pero, al mismo tiempo, estaba disfrutando de su compañía y no quería dejarla ir aún. Como no podía decirle eso, se encogió de hombros y señaló su despacho con la cabeza.

—Déjame ir a por unas cosas.

# CAPÍTULO TRES

Cuarenta minutos después, a Sam se le ablandó el corazón al ver a Luke intentar decidirse entre un osito de peluche con un gorrito de marinero muy mono y un peluche de perrito con unos ojazos adorables en la tienda de regalos del hospital. Hasta para comprar juguetes para bebés era todo seriedad.

Estaba a punto de decirle que eligiese el perrito cuando él dijo «esto es ridículo» y cogió ambos. Sam lo acompañó a la caja riéndose. Le gustaba que le hubiera dedicado un tiempo a pensar qué regalo sería mejor. Eso hubiera sido muy impropio de Jason, quien simplemente habría cogido uno de cada para quedar bien.

Le invadió la culpa por ese pensamiento tan desagradable, pero sabía que era cierto. Jason siempre había sido más bien ostentoso. Era ese tipo de persona.

Luke cogió un jarrón con flores y lo puso en el mostrador con el resto de las cosas. Sacó la cartera y se giró hacia ella.

—¿Necesitas algo?

Ella negó con la cabeza y levantó la bolsa del regalo que llevaba.

—Mandé a Charles a comprar unas toallitas de bebé y una novela romántica en cuanto me enteré.

Charles, su chófer, también había mencionado lo caros que eran los pañales, así que ella había comprado una suscripción de un año para que los llevaran a domicilio al apartamento de Hank. Pero no se le había ocurrido llevar un juguete para el bebé. Eso la hizo sentirse aún más culpable por haber pensado mal de Jason, porque él no se habría olvidado del bebé.

—¿Es ese tu kit para el hospital? —preguntó Luke.

Su sonrisa la descolocó. Ni se acordaba de la última vez que le había sonreído, ¡y ese día ya iban dos veces!

—Es más bien mi kit de diario —admitió—. Siempre llevo toallitas en el bolso y tengo un montón de libros en el teléfono. —Nunca sabía cuándo iba a tener un poco de tiempo para leer.

Cuando Luke terminó de pagar, se dirigieron hacia los ascensores que había fuera de la tienda.

—¿Qué te gusta leer? —preguntó Luke mientras entraban en el ascensor.

—Normalmente leo libros de negocios y biografías entre semana y los fines de semana novelas históricas románticas super largas si tengo tiempo. —Le encantaban esos días de relax en los que podía quedarse en casa y perderse en un buen libro. No eran tan frecuentes como le gustaría, pero los disfrutaba cuando tenía la ocasión—. Esos libros enganchan tanto que te pueden tener absorta hasta las tantas.

—Te entiendo. A veces me empiezo un libro y, cuando me quiero dar cuenta, ya es la hora de ir a trabajar.

—¿Tú lees? —No era su intención sonar tan sorprendida. Por supuesto que tenía hobbies, como todo el mundo, pero siempre lo había visto como una especie de máquina de trabajar. Vivía por y para Harkin.

Él se encogió de hombros.

—Cuando tengo tiempo. Me encantan las novelas de misterio.

Le costaba imaginárselo leyendo por placer. Parecía demasiado serio como para disfrutar de la ficción. Y, ¿cuándo tenía tiempo?

—¿Cuándo fue la última vez que leíste un libro?

—Pues, a ver. Era uno de John Abrams que me regaló mi hermana… Mmm. Hace casi dos años.

*¿Dos años?* Ella no podía pasar ni un mes sin leer. Se le debió notar en la cara, porque él se puso a la defensiva.

—He estado ocupado.

—Lo sé —murmuró ella mientras se abrían las puertas del ascensor y salían al pasillo clínico. No debería juzgarlo porque sabía todo el tiempo que pasaba en la oficina. Estaba allí cuando ella llegaba por la mañana y allí seguía cuando se iba a la noche. Joder, si rara vez salía a comer fuera.

—No me puedo creer que haga tanto que no leo —dijo mientras seguía las señales hacia la sala de maternidad—. Mis padres no podían permitirse una niñera, así que me pasaba las tardes en la biblioteca que había cerca de mi colegio.

Luke era tan exitoso ahora que era fácil olvidar que había tenido una infancia dura. Todo este tiempo había pensado que la razón por la que no la aceptaba eran sus orígenes humildes, pero, en realidad, los de él lo eran aún más. Así que eso significaba que era *ella* la que no le gustaba.

¿Estaba perdiendo el tiempo al intentar arreglar las cosas con él? Estaba claro que él ya se había formado una opinión de ella hacía mucho, y no parecía que esta fuera a cambiar por mucho que lo intentase.

No pudo pensar mucho más en ello porque llegaron a la habitación de Barbara, que estaba casi al final del pasillo. La puerta estaba abierta, pero Sam llamó suavemente antes de entrar. En cuanto la vio, Hank se levantó inmediatamente de la silla junto a la cama.

—Sam. —Tenía ojeras, pero a la vez desprendía energía.

—Enhorabuena —dijo ella abrazándolo. Por encima del hombro, vio a Barbara dedicarle una sonrisa mientras mecía suavemente al recién nacido y, sin previo aviso, la atacaron unos celos repentinos. Siempre había pensado que tendría hijos a esas alturas.

Por una parte, agradecía que Jason y ella no los hubieran tenido. No quería que su hijo o hija creciera sin un padre. A ella la habían criado sus dos padres con mucho amor y no quería que ningún hijo suyo creciera sin ese privilegio. Pero, a veces, el corazón y el cerebro no coincidían y deseaba que los hubieran tenido. Habría sido bonito tener una parte de Jason con ella.

No era el momento ni el lugar para pensar en lo que podría haber sido, así que desechó el pensamiento y se dirigió hacia Barbara.

* * *

Sam habría sido una madre maravillosa.

Luke la observó embobada con el bebé y se preguntó por qué ella y Jason no habían tenido hijos. Jason nunca había mostrado ningún interés en tenerlos, pero era evidente que Sam disfrutaba con los niños. ¿La habría disuadido Jason?

Probablemente.

Luke se imaginaba perfectamente a Jason engatusando a Sam y dándole miles de razones para aplazar la paternidad, y a Sam aceptándolas. En lo que a su marido se refería, había sido totalmente sumisa. Además, los niños habrían hecho que el estilo de vida de Jason se resintiese. Desde luego, no le habría hecho gracia que le quitasen tiempo para estar con sus amantes.

Qué gran amigo era Luke, pensando lo peor de Jason. Vale, estaba enfadado con él, no solo por haber muerto y dejarlo con un montón de marrones que solucionar, sino también por todas esas veces en las que no había apreciado a Sam como se merecía. Pero, a pesar de todos sus defectos, Jason era un buen tío que siempre se había portado bien con él. Haría bien en recordarlo.

Al volver a mirar la expresión de Sam mientras jugaba con el bebé, Luke se recordó a sí mismo que nada le impedía volver a casarse y tener hijos en un futuro. No solo era guapa y rica, sino también inteligente y amable. Estaba seguro de que los hombres harían cola en el mismo momento que estuviera preparada para volver a salir con alguien, e incluso antes.

Esa idea le encogió el estómago. No sabía cómo iba a soportar que volviera a tener citas, el verla reír y sonreír en los brazos de otro. Otra vez.

—Siento haberme perdido la reunión —dijo Hank en voz baja.

No era la primera vez que se disculpaba por ello, y Luke se preguntaba si de verdad él parecía el tipo de jefe que se enfadaría porque un empleado necesitase acompañar a su mujer en el parto.

Luke sabía que podía ser un jefe estricto en ocasiones, pero no se imaginaba que fuera *tan* malo. Vale, siempre empujaba a sus empleados a que lo hicieran lo mejor posible, pero nunca les daba nada que estuviera fuera de sus posibilidades. El hecho de que Hank fuera una de las pocas personas en el fondo que no le tenía miedo y no dudaba en decirle cómo se sentía de verdad hacía que esa sumisión repentina fuera peor aún. ¿Es que Hank había estado confiando en Jason como en una especie de parachoques? ¿Pensaría que iba a perder su trabajo si no estaba de acuerdo con Luke o algo?

—No te preocupes —murmuró Luke con la esperanza de tranquilizarlo. No quería que Hank lo viera como una especie de monstruo—. Estabas exactamente donde tenías que estar.

—Bueno, ¿cómo fue?

—Horrible —admitió Luke—. Por suerte, Sam pasó por allí cuando llevábamos unos veinte minutos y pude echarle el lazo.

—Mierda.

—¿Qué? —preguntó Luke al ver que Hank no daba explicaciones.

Este sonrió tímidamente.

—Me acabo de dar cuenta de que podría haberle pedido a Sam que lo hiciera ella. Te habría ahorrado la tortura.

Hank había intentado convencer a Luke de que se reuniese en persona con algunos de sus clientes más importantes inmediatamente después de la muerte de Jason, pero él se había negado. Ya estaba bastante ocupado con la transición y pensó que los clientes le estaban echando un pulso para ver si él les bailaba el agua igual que siempre había hecho Jason. Inocentemente, había pensado que hacer un buen trabajo y conseguir beneficios estelares sería suficiente.

No lo había sido.

—No hubiera sido lo mismo que contigo —continuo Hank—, pero ya habría sido algo.

—No, tenías razón. Los clientes querían que los tranquilizase yo. Estoy seguro de que Sam habría estado a la altura, pero no habría sido justo para ella. Ya tenía bastante con lo que tenía.

—¡Papi!

Un niño pequeño de rizos rubios entró corriendo en la habitación y se lanzó a los brazos de Hank. Como si lo hubiera hecho cientos de veces, Hank se agachó y lo levantó.

¿*Papi*? ¿No era el bebé su primer hijo?

Enseguida se escucharon unos pasos y un hombre con un jersey rojo apareció en la puerta.

—Lo siento, Hank —dijo levantando un chupete—. Ese diablillo tiró el chupete y salió corriendo.

Hank se rio

—No pasa nada. Ya sé que Nathan es un auténtico trasto a veces. —Se giró hacia Luke e hizo las presentaciones—. Luke, estos son mi hermano, Jared, y mi hijo, Nathan. Jared, este es Luke Darren, mi jefe.

—Me alegro de conocerle al fin —dijo Jared mientras le estrechaba la mano—. He oído hablar mucho de usted y la magia que hace con los números.

Luke deseó poder decir algo parecido, pero Hank jamás le había mencionado a su hermano. Ni a su hijo, de hecho. Le costaba mucho asimilar que Hank tenía otro hijo. ¿Cómo era que él no tenía ni idea?

—Encantado de conocerle —dijo, incómodo, al devolverle el apretón. Uf. Sí que tenía que mejorar sus habilidades sociales.

—Nathan está enorme —exclamó Samantha acercándose al niño para acariciarle la cabeza. Este sonrió y enterró la cara en el hombro de su padre.

—Y pesa un montón. —Con un quejido, Hank dejó a Nathan en el suelo y este corrió a encaramarse en la silla que había junto a la cama de su madre. Barbara sonrió con benevolencia mientras le acariciaba el pelo.

Sam se rio y se acercó a Luke.

—Deberíamos irnos ya.

—Gracias por venir —dijo Hank.

—No hay de que —dijo Samantha—. Y enhorabuena otra vez. —Se volvió hacia Jared—. A ti también.

Luke también les dio la enhorabuena y se dirigió a los ascensores seguido de Sam.

—Ni siquiera sabía que ya tenían un hijo —admitió una vez que nadie podía oírlos e inmediatamente se arrepintió de haberlo hecho. ¿Qué iba a pensar Sam de él? Ella se llevaba bien con todos en Harkin. Se sabía los cumpleaños de todo el mundo, e incluso los aniversarios. Él ni siquiera sabía que uno de sus empleados más cercanos tenía hijos.

Sam rio.

—No eres precisamente el tipo de persona al que alguien iría a contarle sus problemas con los niños. Además, Hank no es como Janet, que siempre mete a sus hijos con calzador en todas las conversaciones. Se le da casi tan mal como a ti separar el trabajo de su vida personal.

Luke sabía que estaba intentando hacerle sentir mejor, pero se sentía culpable igualmente. Llevaba trabajando con Hank más tiempo que ella y, aun así, ella lo conocía mejor. Y luego estaba lo de la disculpa de Hank...

—¿Tan mal jefe soy?

Era consciente de que algunos de sus empleados no lo consideraban humano, pero de ahí a que pensaran que no podían dejar la oficina ni durante el nacimiento de sus hijos...

—Venga ya. —Sam le dio un golpecito con el hombro—. Tampoco es que quisieras escuchar a todo el mundo quejarse de que no duermen porque el bebé llora o de que el partido de la Liga Infantil de sus hijos se ha cancelado, ¿no?

—Pues claro que no, pero hay una gran diferencia entre estar enterado de los partidos de la Liga Infantil y saber que alguien tiene hijos. —No es que fuera un misántropo. Le importaban sus empleados, simplemente no se le daba bien expresarlo.

—Podrías empezar por preguntarles más cómo les ha ido el día o el fin de semana —sugirió Sam—, pero he de advertirte: les encanta hablar de sí mismos.

—Eso es lo que me da miedo. —No le interesaba cómo les había ido el fin de semana, pero tenía que superar su odio a las conversaciones banales. Ahora que Jason ya no estaba, quería que sus empleados pudieran hablar con él si les preocupaba algo, y eso no iba a pasar si no los hacía sentir cómodos.

Al día siguiente, se tomaría un tiempo para preguntarles qué tal estaban. Con suerte, no se encontraría con más sorpresas, como niños secretos que aparentemente no lo eran en absoluto. Miró el reloj y vio que era más tarde de lo que pensaba.

—¿Quieres ir a por algo de cenar?

—No puedo, lo siento. No quiero hacer esperar demasiado a Charles. Aún tenemos que hacer el viaje de vuelta.

Sam vivía en Greenwich, que estaba a casi una hora de distancia.

Estuvo a punto de ofrecerse a llevarla, pero se contuvo. Una semana. Hacía solo una semana que ella había vuelto a la oficina y ya haciendo a un lado el trabajo para pasar más tiempo con ella. Nunca hacía eso. Joder, ni siquiera aceptaba invitaciones a cenar de su familia cuando estaba ocupado trabajando, y su familia lo era todo para él.

Con la situación tan delicada que estaba atravesando

Harkin, tenía que dedicar todo su tiempo a la empresa, no pensar en formas de pasar más tiempo con Sam.

Esa idea desencadenó una oleada de arrepentimiento y se dio cuenta de que se había estado engañando a sí mismo al pensar que lo de Sam estaba superado. Aún la deseaba. Nunca había dejado de hacerlo.

La culpa lo inundó. Jason no había sido el mejor de los maridos, pero sí un buen amigo. ¿Y cómo se lo había pagado él? Codiciando a su mujer y contándole sus aventuras a Sam.

Pero el tiro le salió por la culata. Sam se negó a creerle y se puso de parte de su hombre. Habían pasado años en los que ella fue fría como el hielo con él y, aun así, él la deseaba.

Se prometió a sí mismo mantener las distancias lo máximo posible porque sabía que acabaría haciendo una tontería si seguían pasando tiempo juntos, así que se despidió de ella en la entrada del hospital y se quedó mirando cómo Charles se la llevaba en su todoterreno negro.

Pero de camino a casa, sintiéndose vacío, se preguntó cómo se las iba a apañar para alejarse de ella.

## CAPÍTULO CUATRO

Luke aparcó frente a la casa de sus padres y suspiró al ver el techo destartalado y las viejas ventanas. Se pasó años queriendo comprarles una casa y, cuando por fin accedieron, ¿tuvieron que elegir esta?

A pesar de todas las reformas que llevaba, Luke seguía pensando que sería más fácil demolerla y construir una nueva desde cero.

Aunque le hacía feliz que sus padres por fin viviesen en un barrio más seguro, le habría gustado que le permitiesen ayudarles más. ¿De qué le servía tener tanto dinero si no podía ayudar a la gente que quería? Joder, la única razón por la que accedieron a mudarse fue porque unos viejos amigos suyos también se habían mudado aquí.

Sacudió la cabeza, miró hacia el asiento del copiloto y se ablandó al ver que su hermana seguía dormida. Seguramente se quedaba hasta tarde estudiando para los exámenes finales que tenía la semana siguiente y, aunque estaba orgulloso de ella (fue la primera de la familia en hacer un postgrado e iba a ser la primera doctora), se sentía mal al pensar que lo que le esperaba era peor. El año siguiente comenzaría su residencia y, por lo que había oído, los turnos de treinta horas eran la norma, no la excepción. No era la vida que quería para su hermana pequeña, pero si era lo que ella quería la iba a apoyar en todo.

Le sentaba muy mal despertarla de ese sueño tan necesario, pero ya los estaban esperando dentro. Le movió el hombro con delicadeza.

—Anna, despierta.

Como no lo hizo, la movió un poco más fuerte y ella se giró.

—¿Ya hemos llegado? —preguntó con los ojos apenas abiertos.

—Sí.

Ella se estiró y se tapó la boca mientras bostezaba.

—Lo siento, Luke. Soy la peor copiloto que hay.

—No pasa nada. —Disfrutaba el tiempo en silencio para pensar en los problemas de la empresa, pero no creía que a su hermana le fuera a gustar escuchar eso. Salió del coche y sacó de una nevera que había en el maletero el helado de vainilla francesa que su cocinero había preparado. Le iría bien a cualquier tarta que hubiera hecho su madre.

—¿Es malo que quiera ya la tarta? —le preguntó Ana.

—Llevo pensando en ella toda la semana —admitió él con una sonrisa burlona. Cuando su hermano pequeño se fue a estudiar fuera, su madre había instaurado el ritual de una cena mensual para asegurarse de que no se distanciasen y siempre, sin falta, hacía tarta.

Mientras subían las escaleras, la puerta de entrada se abrió revelando a su hermano con una cerveza en la mano.

—Sí que habéis tardado —dijo Brian, y Luke puso los ojos en blanco mentalmente. Su hermano tenía hambre constantemente. Probablemente esa fuera la razón por la que había decidido mudarse cerca de sus padres al terminar la universidad: podía pasarse por su casa a comer y a cenar.

Después de que sus padres se hubieron mudado a la casa nueva, Brian se había quejado de tener que preocuparse por la comida y la cena cada día, pero Luke sabía que seguía yendo a cenar a casa de sus padres casi todas las noches.

—¡Brian! —Anna corrió a abrazarlo.

Él le devolvió el abrazo.

—¿Qué tal las clases?

—Son lo peor. Menos mal que el año que viene ya termino.

—Una Darren de pies a cabeza —dijo Brian riéndose y revolviéndole el pelo a Anna. Tanto él como Luke odiaban estudiar, pero los habían obligado a ir a la universidad porque sus padres no iban a conformarse con nada menos que eso para sus hijos. Querían para sus niños algo más que los trabajos sirviendo mesas y en una fábrica que ellos habían tenido toda su vida.

—Como si hubiera alguna duda. —Anna le dio un codazo a Brian y se sentó junto a su padre en el sofá.

La tele emitía un sonido ensordecedor de zapatillas chirriando contra el suelo. Luke se asomó al salón y frunció el ceño al ver que su padre estaba viendo un partido de baloncesto.

—¿Desde cuándo ve papá el baloncesto? —le preguntó a su hermano.

—Desde que ficharon a Tracy Howard.

Luke intentó ubicarlo, pero el nombre no le decía nada.

—¿Debería saber quién es?

Brian sonrió y le pasó el brazo por el hombro.

—Fue con Anna al Jefferson High, pero es unos años más joven. Lo ficharon el año pasado. Solo ha estado en cuatro partidos o así, pero sabes quién es.

Luke asintió. En la comunidad se apoyaban unos a otros incluso si el jugador era un calienta banquillos.

—¡Ya está a punto de terminar! —gritó su padre desde el sofá, y Brian se acercó a él riendo.

—Llevas media hora diciendo lo mismo.

Luke sonrió mientras cruzaba el salón en dirección a la cocina. Algunas cosas no cambiaban nunca. Entró en la cocina y encontró a su madre vertiendo salsa sobre los tallarines.

—Eh, mamá —dijo acercándose a ella con cuidado de no asustarla. Cuando era pequeño, había hecho que se le cayese un pastel de carne por accidente y, aunque todos lo perdonaron, no se le olvidaría nunca el hambre que pasó esa noche—. He traído helado —dijo mientras la abrazaba de lado.

Ella le agarró el brazo.

—Gracias, cariño. Le irá perfecto a mi tarta de arándanos.

«Mmm. Arándanos».

Le gustaba cómo sonaba eso. La soltó y fue a guardar el

helado en el congelador. Acababa de cerrarlo cuando su madre lo abrazó de nuevo y se le ablandó el corazón mientras la envolvía con sus brazos. Él también la había echado de menos.

—Solo quería darte un abrazo en condiciones —murmuró ella separándose y señalando el gran cuenco de pasta que había sobre la encimera—. Ahora, pon la mesa y llama a todos para cenar.

Quince minutos después, apenas habían acabado de dar las gracias por la comida cuando su madre preguntó:

—¿Cuándo vas a casarte y a darnos nietos a tu padre y a mí?

«Otra vez no».

Luke miró a su hermano pidiendo ayuda, pero este tenía una sonrisa burlona pintada en la cara. Ahí no había nada que hacer, así que miró a su padre, que de repente parecía estar del todo absorto en su ensalada. Mierda. Sabía que su padre también quería nietos, solo que era más sutil.

Mucho más sutil.

—Solo tengo treinta y cuatro años, mamá —dijo Luke al fin. Solo porque los amigos de sus padres fueran abuelos, no significaba que ellos también tuvieran que serlo.

—Pff. ¿Sabes? Yo me casé con tu padre a los veintiuno —respondió ella apuntándolo con un tenedor.

—Ya lo sé.

Él y sus hermanos habían escuchado la historia de amor de sus padres cientos de veces a lo largo de los años. Su madre trabajaba en un restaurante al que su padre fue después de un día duro en la fábrica. Le echó un solo vistazo y se le olvidaron todas las penas. Pasó una semana yendo allí todas las noches a tomar una gaseosa, que era lo único que se podía permitir, antes de reunir el valor para pedirle salir con él. Tras solo seis meses siendo novios, su padre le pidió matrimonio, aunque siempre decía que había sabido que iba a casarse con ella desde que le puso los ojos encima.

Su madre negó con la cabeza y se volvió hacia su padre.

—No sé qué les pasa a los jóvenes hoy en día. Siempre anteponen sus carreras a la familia.

—Es que no he conocido a la mujer indicada —dijo Luke, aunque sabía que tampoco tenía tiempo para una relación. No tenía tiempo ni para leer. Y, con todas las dificultades que estaban atravesando, ahora su máxima prioridad debía ser la empresa. Porque si Harkin se hundía, él se hundiría con ella.

Harkin Capital Management sería un nombre más en la lista de fondos vienen y van y nadie volvería a confiarle su dinero.

—¿Cómo que la mujer indicada? —repitió su madre—. Conoces a demasiadas mujeres, *ese* es el problema.

No, no demasiadas: solo una. La imagen de unos preciosos ojos marrones cruzó su mente y él la apartó. No iba a pensar en eso. Ya era bastante malo que hubiera deseado a Sam cuando estaba casada, no lo iba a empeorar persiguiéndola ahora que Jason ya no estaba.

—No he estado con tantas mujeres —protestó mientras Brian se reía. Lo miró con las cejas levantadas—. Sabes que el siguiente vas a ser tú, ¿no?

—Primero fue Rhonda —Su madre lo ignoró y empezó a contar con los dedos—, Veronica, y luego Angela…

Luke nunca había llevado a ninguna de esas mujeres a su casa, así que se giró hacia su hermana, que evitó su mirada.

¿Cuándo se habían puesto todos contra él?

¿Acaso Anna había investigado en internet y luego se lo había contado a mamá? No. Su hermana no tenía tiempo ni para dormir. Más bien habría sido su madre la que le habría pedido que lo hiciera. A veces era muy cotilla.

Estaba a punto de decir que esas mujeres solo habían sido un lío de una noche, pero se dio cuenta de lo mal sonaría. No hacía falta que su madre se enterase de su vida sexual, o la falta de ella.

—No encajaba con ellas —murmuró.

Entonces había pensado que estar con otras mujeres lo ayudaría a superar a Samantha, pero más bien había sucedido lo contrario. Las había comparado a todas con Sam y todas habían salido perdiendo. Lo peor fue darse cuenta de que esas mujeres no estaban interesadas en él, sino que solo lo veían como un multimillonario que podía proporcionarles una vida de lujo.

No podía evitar compararlas con Sam, quien podía haber tenido la vida de lujo que esas mujeres deseaban tras casarse con Jason, pero lo que hizo fue unirse a la empresa y trabajar tanto como cualquier otro empleado. A veces, incluso más, como si estuviera intentando compensar el ser la mujer del jefe.

—Casi se me olvida: ¡Sam!

Luke se quedó helado. ¿De verdad le estaba preguntando su madre si sentía algo por Sam? ¿Tan obvio era? Siempre había intentado no mencionarla mucho, pero, al parecer, no había sido tan cuidadoso como pensaba.

—¿Cómo le va? —preguntó su madre.

Por supuesto: le estaba preguntando cómo estaba, no si estaba interesado en ella.

—Bien, ya ha vuelto al trabajo. —Dio un buen sorbo al vaso de agua e intentó aclararse la mente.

—Me alegro. Estábamos muy preocupados por ella.

—Todavía no me puedo creer que él ya no esté —dijo Anna con suavidad—. Jason parecía más grande que la vida misma, ¿sabes?

—Sí.

La forma en la que Jason había entrado en su vida doce años atrás aún le parecía increíble a veces. Ese chico con una herencia adelantada sustanciosa tenía grandes sueños y había estado dispuesto a compartirlos con él. Luke era totalmente consciente de que Jason habría tenido un montón más de opciones si las hubiese buscado, analistas y gestores de cartera que contaban con experiencia y conocimiento y, aun así, lo había elegido a él. A alguien a quien había conocido cuando los dos eran becarios en Brown and Hale.

La vida de Luke cambió casi de la noche a la mañana. Pasó de haber crecido con casi nada a tener más de lo que nunca iba a necesitar, y siempre iba a estar agradecido por ello. Nunca más tendría que preocuparse por tener un plato caliente que llevarse a la boca o de si podría pagar el alquiler del mes siguiente.

El recordatorio de lo afortunado que había sido de tener

la oportunidad de tener una vida mejor (no solo para él, sino para toda su familia) alimentó aún más su determinación de no desperdiciarla. Volvería a levantar Harkin y recuperaría el negocio que habían perdido, aunque fuera lo último que hiciera.

# CAPÍTULO CINCO

—Dios mío —dijo Nina Hall soltando la empanada que acababa de morder—. Está de muerte. *Tienes* que probarla.

—Gracias, pero estoy llenísima —admitió Sam mirando todos los platos que había en la mesa. No recordaba haber estado nunca tan llena, era como si se estuviera ahogando en comida. Nina, que había llegado la primera al restaurante, había pedido prácticamente todo el menú de tapas para cenar. Además de todo lo que tenían ya, había un par de comandas más en la cocina que aún no habían sacado porque no tenían espacio en la mesa.

Nina entrecerró los ojos.

—Lo que pasa es que quieres hacer hueco para el postre, ¿a que sí?

Sam se rio porque no se esperaba esa declaración. Su amiga y antigua compañera de piso la conocía bien. Incluso si estaba llena, Sam siempre estaba dispuesta a pedir postre.

—Vale, admito que le tenía muchas ganas a la tarta de

chocolate, pero creo que voy a necesitar unos minutos, o una hora, para que todo esto se asiente.

—Anda ya. Apuesto a que si el camarero te pusiera una tarta delante ahora mismo, no dudarías en darle un bocado.

—Como si tuviera sitio. ¿En qué estabas pensando para pedir tantas cosas? —Aunque Nina normalmente no tenía tiempo para almorzar (al ser abogada corporativa, normalmente estaba tan ocupada que olvidaba comer y luego se daba un atracón), esto era demasiado incluso para ella.

—Creo que me vine arriba. Entre que Andrew pasó la noche en casa y todo el trabajo que he tenido en la oficina, lo último que he comido fue una ensalada ayer a mediodía.

Sam se quedó helada.

—¿Andrew el que conociste en la fiesta de Navidad hace unas semanas? ¿Ese al que le diste tu número?

—Sí.

—¡No me puedo creer que no me hayas contado que estabas con alguien! ¿Cómo no me lo has contado? Yo te llamé al segundo de que Jason me pidiera salir.

Le dolía que Nina le acabase de contar que tenía una nueva relación. Sam no tenía muchas amigas cercanas. Vale, conocía a un montón de gente con la que se llevaba bien, pero nadie como Nina.

Conectaron en seguida cuando se conocieron en una clase de cálculo en la universidad y rápidamente se hicieron amigas. A lo largo de los años, esa amistad se había convertido en una piedra angular en la vida de Sam, algo con lo que podía contar sin importar que no se vieran con mucha frecuencia. Por eso le dolía que Nina hubiera evitado mencionarle a su nuevo novio. ¿Es que no tenían tanta confianza como Sam creía?

—Quería contártelo —dijo Nina con tono contrito—, pero siempre estabas ocupada. Y luego, con lo de Jason…

La culpa la invadió. Era verdad: últimamente había estado demasiado ocupada para ver a Nina. Intentar quedar con ella para comer o cenar había resultado ser un ejercicio de futilidad durante los últimos años. Siempre había alguna reunión o gala a la que tenía que acompañar a Jason y, cuando ella estaba libre, era Nina la que estaba ocupada con el trabajo o con algún cliente. Al final, se habían resignado a apañarse con llamadas y mensajes y verse únicamente si surgía la ocasión.

Si era sincera, cuando Nina le mandó un mensaje preguntándole si estaba libre para cenar, no le apetecía mucho ir. Pero, al mismo tiempo, no quería volver a una casa vacía. Aunque lo llevaba bien la mayor parte del tiempo, la muerte de Jason la afectaba más cuando llegaba sola a casa de la oficina, así que le sorprendió estar disfrutando de la noche y poniéndose al día con su vieja amiga. Iba a tener que esforzarse por ver a Nina más a menudo de ahora en adelante.

Sam suspiró al ver la duda repentina en la expresión de Nina y supuso que tenía que ver con la muerte de Jason. La gente todavía iba con pies de plomo con ella y estaba empezando a cansarse. Quería volver a la conversación tan fluida que estaban teniendo, así que forzó una sonrisa y tomó la mano de su amiga.

—Vale, te perdono. Ahora, cuéntamelo todo sobre Andrew.

* * *

—Lo he pasado genial esta noche —dijo Nina por teléfono casi dos horas después. Como le había prometido, Sam llamó a Nina al llegar a casa para que se quedase tranquila. Ese era otro efecto colateral del accidente de Jason: ahora sus amigos y su familia se preocupaban por ella más que nunca—. Tenemos que repetirlo pronto.

—Estoy de acuerdo —dijo Sam mientras subía la escalera de mármol. Después de un largo día, estaba exhausta y lo único que quería era tumbarse y descansar—. Pero no en el mismo sitio. Estoy segura de que ese restaurante nos va a denegar el servicio después de lo de esta noche. —O, al menos, implementarían un límite de platos.

—Bah. Las costillas estaban un poco secas de todas formas.

No lo estaban y Nina lo sabía.

—Todavía no me puedo creer que hoy estuviéramos libres las dos —murmuró Sam entrando en su habitación y encendiendo las luces.

—¿Verdad? Ni siquiera recuerdo cuando fue la última vez que salimos. Creo que aún estaba con el caso Matterson. —Sonó un pitido—. Lo siento, Sam, tengo que colgar. Me está llamando Miranda. ¡Llámame!

Nina le mandó un beso y colgó.

Sam lanzó su móvil a la cama y se desabrochó las cintas de los tacones. Soltó un suspiro de alivio cuando se los quitó. *Por fin*. Habría llevado zapatos planos de haber sabido que Nina la invitaría a cenar, pero pensó que iba a ir directa a casa después del trabajo.

Se acomodó entre los cojines de su cama y frunció el ceño pensando en lo rápido que se había acostumbrado a la vida sin Jason. *¿No debería costarle más pasar página?*

Habían estado juntos cinco años. Debería sentirse como si le faltase una parte de sí misma, pero ahí estaba, saliendo con Nina como si nada hubiera pasado. Se estremeció al pensar en lo bien que se lo había pasado esa noche y se sintió aún peor sabiendo que, si Jason siguiera vivo, no habría podido salir con Nina. Probablemente estaría en una gala o una cena de trabajo en ese mismo momento.

De pronto, se acordó de la bolsa con los efectos personales de Jason que la policía le había entregado tras el accidente y fue a buscarla al armario. No se había atrevido a abrirla por miedo a convertirse en un mar de lágrimas, pero quizá le vendría bien recordar a su marido.

Volvió a la cama, abrió la bolsa y vio la cartera de cuero que le había regalado a Jason las pasadas navidades. Se le encogió el pecho al recorrer con el dedo las iniciales que tenía grabadas. Le había preocupado mucho si le gustaría o no. Ya era bastante difícil comprar regalos, pero comprarle algo a alguien que se podía permitir lo que quisiera era directamente imposible.

Todas sus preocupaciones desaparecieron en cuanto él abrió la caja y vio la calidez en sus ojos. Recordó cómo le había dicho que la quería y cómo la había besado después y parpadeó para evitar las lágrimas.

¿Cómo podía haberla dejado sola?

Vale que siempre había conducido un poco más rápido de la cuenta, pero tendría que haber tenido cuidado con las carreteras heladas. Ahora lo único que le quedaba eran sus recuerdos. Se dio cuenta de que estaba agarrando la cartera con fuerza, la soltó y vio el móvil de Jason, ese móvil que había sido como una extensión de él.

Cuando no estaba trabajando, estaba ayudando en una de las muchas obras de caridad en las que estaba involucrado. Queriendo recordar ese lado de Jason, en vez de la faceta imprudente y egoísta que lo había llevado a conducir a toda velocidad por carreteras peligrosas, cogió el aparato y lo encendió. El móvil vibró con las notificaciones de mensajes.

Deslizó el dedo hacia la derecha y abrió el primer mensaje que vio, uno de Carla Williams, la directora de una de las organizaciones benéficas con las que Jason colaboraba, e inmediatamente soltó el móvil como si estuviera ardiendo. Se había esperado una conversación sobre algo relacionado con la organización, quizá planes para la próxima gala o actualizaciones de su programa escolar, pero ¡eran fotos de Carla en lencería!

*Debía haber un error.*

Sam se quebró la cabeza buscando una explicación. Seguramente Carla le había mandado ese mensaje a Jason en lugar de a su marido por accidente. O quizá su marido se había dejado el móvil en el coche de Jason. Sam volvió a coger el teléfono y fue pasando los mensajes buscando algo que indicase que era el del marido de Carla.

Pero no encontró nada.

Se le encogió el estómago cuando encontró un mensaje en el que Carla lo llamaba «Jason, cariño». A medida que leía la conversación, quedaba claro que no solo Jason le había dado coba, ¡sino que incluso había comprado la lencería que llevaba puesta!

El teléfono se le cayó de la mano una vez más. *¿Cómo?* ¿Cómo podía Jason haberle hecho eso? ¿Es que no la quería?

Se le comprimió el pecho y empezó a costarle respirar. *¿Por eso siempre había atrasado el momento de tener hijos?* No era porque quisiera esperar hasta que tuviera tiempo para ser un padre como lo fue el suyo, porque, al parecer, para liarse con otra había tenido tiempo de sobra.

Era que no había querido verse atado a *ella*.

Sollozó al darse cuenta. Había sido una tonta. Una tonta de remate.

Una hora después, cuando se le acabaron las lágrimas, solo le quedaba la ira. Cinco años. Le había dedicado cinco años a aquel hombre. Cinco años de galas, desayunos, tediosas cenas de empresa, *paparazzi*… Todo por querer ser una buena novia y, más tarde, una buena esposa. ¿Y así le pagaba él su lealtad y su compromiso?

Incluso había dejado el trabajo de sus sueños en Anderson por él, porque nadie quería una contable con un gestor de fondos de inversión por marido. Esa decisión había sido dolorosa, porque le encantaba ese trabajo y le gustaban sus compañeros, pero le había parecido bien porque quería a Jason y habría hecho lo que fuera por estar con él. Al parecer, había sido la única que se sentía así.

Negó con la cabeza y contempló la habitación sin verla realmente. De repente, esa casa que una vez había sido el hogar de sus sueños le parecía una burla de todo lo que siempre había querido. No podía quedarse ahí ni un minuto más. Sin molestarse en preparar una maleta, se puso los zapatos, cogió su bolso y se dirigió hacia el garaje.

# CAPÍTULO SEIS

Luke acababa de meter el último plato en el lavavajillas cuando alguien llamó a la puerta. Como sabía que no había invitado a nadie, se le escapó un quejido. La última vez que alguien se había presentado por sorpresa, había sido un vecino que había intentado convencerlo de que comprase su casa en Hamptons. Por lo visto, su gratificación había sido más pequeña de lo esperado.

Quizá Luke podría haber sido más empático con su apuro, pero era difícil empatizar con alguien que, además de un apartamento varios pisos más abajo, tenía tres casas de vacaciones y cuatro coches que costaban más que la casa en la que Luke había crecido. Algunas personas no eran conscientes de lo afortunadas que eran.

Luke se asomó a la cerradura y parpadeó al ver a Samantha. *¿Por qué no había usado el ascensor privado?* Abrió la puerta rápidamente y se le encogió el pecho al verla. Aunque estaba tan guapa como siempre, emanaba tristeza. Tenía los hombros caídos y esos ojos que él siempre había admirado estaban llenos de pena. Nunca la había visto así. Incluso en el funeral había parecido muy fuerte. Ahora parecía derrotada.

—¿Cómo lo supiste? —preguntó con un hilo de voz.

Él frunció el ceño.

—¿El qué?

Ella tragó saliva visiblemente y levantó la barbilla.

—Lo de los cuernos.

Luke se quedó de piedra. *¿Ahora quería hablar de eso?* Se lo había contado hacía años y ella lo había llamado mentiroso inmediatamente, lo cual se merecía. Aunque no le había mentido, sus intenciones no habían sido honorables. La quería para él y, en un momento retorcido, había pensado que por fin tendría su oportunidad si le contaba lo de las aventuras de Jason.

Se le encogió el estómago al pensar que debía haber encontrado algo entre las cosas de Jason. No podía ni imaginarse por lo que estaba pasando. ¿Perder a su marido y después descubrir que la había estado engañando? Debía de estar devastada.

—Porque él me lo contó —respondió al fin, a sabiendas de que no había forma de evitarlo. Ojalá pudiera ahorrarle el dolor. Independientemente de lo que hubiera hecho, nunca había sido su intención hacerle daño.

Sam asimiló sus palabras y asintió firmemente con la cabeza y a él se le rompió el corazón. Ella no se merecía eso. Era una persona increíble y ver que la habían usado así era inadmisible. Luke deseaba poder estrecharla entre sus brazos y consolarla, pero se resistió porque acercarse a ella no era una buena idea.

Deseaba ser más fuerte, o ser la clase de amigo que ella necesitaba, pero no lo era. Ella lo removía por dentro de una forma en la que ninguna mujer había hecho nunca y, sinceramente, no se fiaba de sí mismo. Siempre quería más cuando de ella se trataba.

La miró en silencio mientras se sentaba en su sofá con la vista fija en el suelo, sin decir una palabra. Parecía tan perdida y pequeña…

—¿Él la…? —Tragó saliva y levantó la cabeza para mirarlo—. ¿Él la quería?

Luke gimió. ¿Pensaba que Jason solo había la había engañado con una mujer?

Y quizá en ese momento solo era una. Luke no lo sabía a ciencia cierta. Como no quería que su amigo se enterase de lo que sentía por Sam, siempre había hecho lo posible por no comentar o preguntar nada sobre sus aventuras.

Pero lo mataba ver a Sam despedirse de Jason con un beso sabiendo que ella pensaba que su marido iba a una reunión, cuando en realidad se iba a encontrar con otras mujeres. Escucharlo fanfarronear después, cuando volvía a la oficina, había sido demasiado para él. Tras un día particularmente malo, Luke no había podido controlarse y le había dicho a su amigo exactamente lo que pensaba de la forma en la que trataba a Sam.

Jason había achacado el arrebato de Luke al hecho de que tenía una hermana y Luke no se había molestado en corregirlo. Era consciente de que se había pasado de la raya. Después de ese día, Jason no volvió a hablarle de sus conquistas ni a mencionar esa conversación.

—No, no lo creo —murmuró Luke sentándose junto a

Sam en el sofá. En muchos sentidos, Jason se había preocupado solamente por sí mismo.

Sam sacudió la cabeza.

—Pero tres años… —Se volvió hacia él con los ojos muy abiertos—. Hubo más de una mujer, ¿verdad?

Sin saber qué otra cosa hacer, asintió.

—¿Cuántas?

Él se pasó la mano por el pelo y se encogió de hombros.

—No lo sé. —Hubo un tiempo en el que parecía que cambiaba de amante cada semana, pero estaba seguro de que Jason se había relajado un poco en los últimos años, ya que ninguna había aparecido para conseguir dinero fácil tras su muerte. A menos que estuvieran todas casadas…

A Sam se le llenaron los ojos de lágrimas y apartó la mirada.

—Me siento tan estúpida —dijo con la voz rota—. Es que tendría que haberlo sabido. Apenas estaba en la oficina.

—Creo que a Jason se le daba muy bien engañarnos a todos. —Nunca habría pensado que Jason iba a sobreendeudar el dinero de sus clientes a sus espaldas, pero lo hizo. El hecho de que la única razón por la que Luke no se había dado cuenta antes fue porque confiaba en él lo hacía aún peor.

—Es una locura. ¿Por qué me permitió trabajar en la oficina si iba a engañarme?

Luke dudó, pero ella había ido a buscar respuestas, así que le contó la verdad.

—Creo que quería tenerte vigilada. Estaba empezando a pensar que… Bueno, que le estabas poniendo los cuernos.

Hasta a Luke le sonaba ridículo. No había más que ver

con qué adoración miraba Sam a Jason para saber lo que sentía por él. Nunca le habría puesto los cuernos. Además, no era ese tipo de persona.

Ella abrió mucho los ojos.

—¿Yo?

—Ya sabes cómo funciona la paranoia. —Al final, el que engaña empieza a pensar que también lo están engañando—. ¿Cómo lo has descubierto? —preguntó sin poder evitarlo. A él no le había creído cuando se lo contó, ¿por qué ahora sí?

Sam bajó la mirada y jugueteó con el borde de su vestido verde y él intentó no pensar en que estaban tan cerca que podía apreciar el tejido de sus medias. El material translúcido le hacía morirse de ganas de tocarla, de recorrer con las manos esas piernas en las que había pensado durante incontables horas. Lo invadió la vergüenza. Ella estaba destrozada y él ahí, pensando en lo suaves que debían ser sus piernas. Asqueado consigo mismo, apretó el puño y se obligó a apartar la mirada.

El silencio era ensordecedor. Empezaba a pensar que no iba a contestar a su pregunta cuando, de repente, habló.

—Quería sentirme más cerca de él, así que estuve mirando la bolsa con sus cosas que la policía sacó del coche. Tenía el móvil lleno de mensajes de Carla Williams. —Hizo un gesto de dolor—. Creo que incluso la abracé en el funeral.

Joder. Ya era bastante malo que te pusieran los cuernos, pero ¿que se los hubieran puesto con alguien que probablemente fuera su amiga? Era inconcebible. ¿Cómo habían podido Jason y esa mujer hacerle eso a Sam?

—Lo siento —dijo él finalmente. Nunca se había sentido tan inepto. Quería decirle que era una mujer fuerte e increíble y que Jason nunca la había merecido, pero no estaba seguro de cómo se lo tomaría.

—No. Soy yo la que lo siente por no haberte creído —respondió ella con voz sincera alzando la mirada hacia la suya—. Era mucho más fácil pensar que simplemente querías deshacerte de mí. —Él se estremeció al recordar lo mal que la había tratado cuando empezó a trabajar en la oficina. No le había dado ninguna razón para que confiase en él—. Siento que he desperdiciado los últimos cinco años de mi vida —continuó.

—Yo no diría eso, te has convertido en una analista bastante buena.

Ella gimió mientras se cubría la cara con la mano y él recordó que, al principio, ella no había querido trabajar en Harkin más de lo que él la había querido allí. Él había cuestionado su habilidad para contribuir al equipo (ya que tenía formación como contable, no analista) y no había querido que representase una distracción para Jason.

Pero resultó que al que distrajo fue a él.

Nunca supo cómo había conseguido llegarle al corazón. Pasó de molestarle su presencia en la oficina a admirar su ética de trabajo. Con el tiempo, empezó a pensar que debería encontrar una mujer así para él, y, cuando quiso darse cuenta, supo que la quería a ella.

—Esto no es una pesadilla, ¿verdad? —preguntó ella con voz dolorosamente suave mientras se giraba hacia él.

Negó con la cabeza y deseó poder hacer algo para

librarla de su dolor, pero esto era algo que solo el tiempo podía curar.

Ella suspiró mientras se levantaba.

—Siento molestarte a estas horas, pero eras el único con el que podía hablar.

A él de pronto se le ocurrió algo y frunció el ceño.

—No habrás conducido tú sola hasta aquí, ¿no? —preguntó, levantándose también.

—Sí, pero no pasa nada. No había tráfico.

«¿No había tráfico?» ¿Es que estaba loca? No estaba en condiciones de conducir, aunque no hubiera coches. Se le empezaron a venir a la cabeza pensamientos terroríficos sobre lo que le podría haber pasado y agradeció que nada malo hubiera ocurrido. No creía que pudiera soportar perder a Sam también. Aunque sabía que no era para él, necesitaba que estuviera bien.

No quería discutir con ella, especialmente no en ese momento, pero no iba a dejarla conducir esa noche.

—Deja que te lleve a casa.

—No te preocupes, voy a quedarme en un hotel.

—Pues te llevo allí.

—No es necesario, pero muchas gracias, de verdad.

—No voy a dejarte conducir esta noche, Sam. —Nunca se lo perdonaría si le pasase algo.

Sam rio con suavidad.

—Nunca me había dado cuenta de lo mucho que cuidas de los demás. —Suspiró y bajó la mirada un momento antes de volver a levantarla—. Siento haberte llamado mentiroso hace años. No te lo merecías.

Él sintió en su conciencia la culpa por no haberle

contado lo de las aventuras de Jason por la bondad de su corazón. La había querido para él y no se merecía su perdón por ese acto de egoísmo. Pero, como no había forma de corregirla sin revelar sus sentimientos, se quedó callado.

Ella miró la puerta.

—¿Te importaría si me quedo aquí esta noche? Yo…

—Para nada —la interrumpió él, agradecido de que se hubiera sacado la idea de conducir de la cabeza.

Por el bien de su cordura y su fuerza de voluntad, era probable que no fuera una buena idea tenerla tan cerca, sobre todo ahora que los secretos de Jason no se interponían entre ambos, pero Luke sabía que esa noche ella estaría a salvo de él. Independientemente de lo que él quisiera, le daría el espacio que necesitase. Y, si la tentación de acercarse a ella se volvía demasiado fuerte, se iría a la oficina.

Los ojos de Sam reflejaron alivio.

—Gracias. La verdad es que no me apetecía nada enfrentarme a un recibidor lleno de gente ahora mismo.

—Lo comprendo. Deja que te enseñe la habitación de invitados.

¿La había querido siquiera? ¿Aunque fuera alguna vez?

Sam gimió y se tumbó de lado. Hacía una hora que se había metido en la cama y no había dejado de pensar en Jason. Tenía que parar. Estaba claro que a él nunca le había importado, al menos no lo suficiente como para serle fiel. Así que, ¿por qué perder ni un segundo más pensando en él?

«Porque le quiero».

Por eso.

Ya había que ser estúpida para querer a ese cabrón mentiroso, pero el amor no había desaparecido sin más al descubrir que la había estado engañando. No estaba segura de que fuera a desaparecer nunca.

Suspiró tumbándose boca arriba y contempló el techo oscuro. ¿Había estado su relación condenada desde un principio? No podía evitar pensar en todas las preocupaciones que la habían asaltado cuando aceptó su propuesta de matrimonio. Empezaron a agobiarla cosas en las que nunca había pensado. De repente, le preocupaba no ser lo suficientemente buena para él, si podría hacerlo feliz o no, y que hubiera otras mujeres detrás de él. Además de ser guapo y amable, era rico y famoso. Era su destino tener mujeres detrás, estuviera soltero o no.

Tras volverse loca durante semanas con esos miedos, había tomado la decisión consciente de confiar en él. De otra forma, se habría resignado a una vida de sufrimiento, y no había querido que sus inseguridades la limitasen.

Y ahora esto.

Joder, hasta Luke le había contado que Jason la engañaba, y, en vez de creerlo, lo había llamado mentiroso. ¿Cómo podía haber estado tan ciega en cuanto a la verdadera naturaleza de su marido? ¿Cómo podía no haber visto lo que estaba delante de sus narices?

A ella Jason nunca le compró lencería.

Era una tontería, pero no podía evitar lamentarse por ello. A lo largo de los años, había comprado lencería a menudo para sorprenderlo en la cama, para mantener viva la chispa entre los dos. Y él nunca, jamás, había comprado algo así para ella, para su *mujer*. Pero para Carla, y posiblemente para otras también.

La sacudió otra oleada de dolor. ¿Qué tenía ella de malo para que Jason no hubiera pensado en ella cuando iba a las tiendas de lencería? ¿Es que había dejado de atraerle? ¿Por eso había ido a por otras mujeres? ¿No era ella lo suficientemente sexy y encantadora?

¿Qué tenía Carla que no tuviera ella?

Apretó los puños mientras las lágrimas amenazaban con salir. Odiaba que la hiciera sentir inferior. Lo único malo que había hecho era tener mal gusto con los hombres. Si él no quería estar con ella, debería haberle pedido el divorcio, no hacer eso a sus espaldas. Pero, en lugar de eso, había elegido ponerle los cuernos repetidamente. Mientras ella estaba en casa, siendo la esposa obediente, él se había ido por ahí con cualquier cosa que tuviera piernas.

¿Sería la falta de un acuerdo prenupcial la razón por la que no le había pedido el divorcio?

De entre todo su equipo de abogados, al menos una persona debía de haberle recomendado a Jason que hiciera un acuerdo prenupcial, pero él nunca le había pedido firmar uno. Ella había pensado que era una muestra de su dedicación hacia ella, pero ahora, en retrospectiva, suponía que probablemente fuera porque él no había querido hacer nada que delatase falta de confianza. Él odiaba que dudasen de él.

Pero debía haberse arrepentido de no hacerlo, porque ¿por qué si no siguió casado con ella cuando podía haber estado disfrutando de la vida de soltero? ¿O es que el hecho de estar poniéndole los cuernos le excitaba?

Sacudió la cabeza. Por fin, después de muchos años, entendía por qué las mujeres intentaban quedarse con todo lo que podían durante las sentencias de divorcio. Estaban dolidas y enfadadas y querían una forma de vengarse de los hombres que las habían puesto en esa situación.

Lo gracioso era que, si él estuviera vivo, ella ni siquiera intentaría dejarlo con nada más que lo puesto. Ya había desperdiciado suficiente tiempo con él, aunque le habría encantado lanzarle una bebida a la cara. Podía imaginárselo preocupado por sus trajes a medida o sus mocasines italianos. O, mejor aún, verle la cara mientras rayaba con las llaves esos coches que tanto le gustaban.

Pero hasta esa satisfacción le había robado.

Odiaba el hecho de no poder vengarse ni un poquito. No era justo que él hubiera estado engañándola sabe Dios cuántos años y se hubiera ido de rositas. ¿Dónde estaba la justicia ahí?

Sus pensamientos se desviaron hacia Luke. Aunque nunca lo había dicho, Jason siempre había estado celoso de él. No solo los medios de comunicación cubrían a Luke sin que él tuviera que irles detrás como hacía Jason, sino que los beneficios que Luke proporcionaba a la empresa siempre habían sobrepasado los suyos. Probablemente esa fuera una de las razones por las que Jason se había centrado más en la caridad, porque en ese campo no tenía que competir con Luke. Luke preferiría morirse antes que estar codeándose con la élite.

¿Cómo si sentiría Jason se ella se acostara con el hombre que él había envidiado tanto?

Se imaginó su cara de enfado al pensar en que Luke lo había superado una vez más y sonrió. Vale, Jason jamás se enteraría, pero estaría bien tener esa pequeña venganza; devolvérsela de algún modo.

No. No podía. No iba a tener un lío de una noche con Luke. Antes de esa noche, había estado convencida de que era un mentiroso que la odiaba. Incluso aunque pudiera superar la vergüenza de haber pensado tan mal de él todo este tiempo, Luke nunca aceptaría sus insinuaciones. Solo imaginarse cómo se reiría de ella la dejó quieta en el sitio.

Aun así… Luke era un hombre muy guapo. Ella siempre lo había pensado, pero la ira que sentía hacia él nunca le había permitido admitirlo, ni siquiera a sí misma. Ahora que la ira ya no estaba, podía apreciar lo sexy que era. Esa noche, sentado en el sofá, le había parecido deliciosamente despeinado y accesible. Había querido buscar consuelo en sus brazos a modo de parachoques contra la verdad que la golpeaba como un martillo. Se imaginó pasándole las manos por el pelo y ese pecho ancho…

Dios. ¿De verdad podría acostarse con Luke? Se imaginó cómo se sentiría su cuerpo desnudo contra el de ella y la idea la hizo estremecerse.

Sí, desde luego que podría.

La idea empezó a afianzarse y sintió mariposas en el estómago. Nunca había tenido un lío de una noche, pero si alguien se lo merecía era ella. ¿Y por qué no? Estaba soltera, y él también.

Pero se trataba de Luke, el socio de Jason y el hombre al

que había tratado con enfado y frialdad durante años. ¿Se acostaría con ella como una especie de venganza por la forma en la que lo había tratado? No, algo instintivo le decía que podía confiar en él, que con él estaría a salvo. Nunca lo había visto actuar de forma vengativa o para reparar su orgullo herido.

Y el hecho de que él nunca fuera en serio con nadie jugaba en su favor. No iba a convertirlo en algo que no era. Solo sería sexo.

Entusiasmada con la idea, se dirigió hacia el salón llevando solo la camisa que Luke le había prestado y se sorprendió al ver que las luces seguían encendidas. El corazón le dio un vuelco cuando vio a Luke de pie leyendo un informe tras la mesa. Podía hacerlo.

Se dirigió hacia él y él levantó la mirada como si la hubiese sentido. Sus ojos se suavizaron al verla.

—¿No puedes dormir?

—Yo… —Recordó que tenía que seducirlo y se detuvo —. Sigues trabajando —dijo mientras se acercaba a él. No debería sorprenderla, pero así era. Ya pasaba la mayor parte del día en la oficina y, cuando por fin llegaba a casa, ¿seguía trabajando? Normal que la empresa tuviera tanto éxito. El tío era una máquina.

Él torció la boca mientras miraba los papeles que tenía delante.

—Sí, estoy intentando resolver una cosa.

Ella se sintió culpable por molestarlo mientras estaba trabajando duro, pero se obligó a no pensar así. Eran las tres de la mañana. Debería estar en la cama, no trabajando. Jason no habría estado trabajando a esas horas si estuviera vivo, y eso la hizo darse cuenta de repente de lo injustos que habían sido sus hábitos hacia Luke.

—Bueno, no tienes que terminar todo eso esta noche, ¿no? —dijo con lo que esperaba que fuera una voz seductora mientras le ponía una mano en el pecho. En ese pecho tan duro. Pensarlo la excitó. Sin darle la oportunidad de responder, lo rodeó con un brazo y lo besó antes de perder el valor. Sus labios eran suaves y su olor fresco y limpio resultaba embriagador.

Quiso más y le rozó los labios con la lengua.

Se dio cuenta de que él no le estaba devolviendo el beso y la embargó la humillación.

¿Y por qué iba a devolvérselo? Ella se había presentado en su casa, le había soltado todos sus problemas y le había pedido pasar la noche allí. ¿Y cómo le pagaba su amabilidad? Tirándosele encima.

Se maldijo a sí misma y estaba a punto de separase y disculparse cuando él gimió y enterró la mano en su pelo, intensificando el beso. La mente de Sam se quedó en blanco excepto para percibir la sensación de los labios de Luke en los suyos y de sus lenguas bailando. Sí. Eso era lo que buscaba.

Le encantaba la forma en la que su cuerpo se amoldaba al de él, así que se acercó aún más mientras recorría su espalda con las manos y admiraba los músculos duros que había debajo. Las manos de él se aventuraron más abajo, apretándola contra él. Su erección la rozó y ella sintió el calor acumularse entre sus piernas.

No quería que hubiera nada entre ellos, así que empezó a desabotonarle la camisa. Él trazó una línea de besos sobre su garganta, rozando su barba incipiente contra su piel de forma deliciosa, y ella sintió cómo la recorría la electricidad. Él encontró el dulce punto debajo de su oreja y entonces, como si quisiera volverla loca, lo chupó y mordió bañándolo con su lengua. Ella gimió. Qué bien. Qué bien lo hacía.

Tenía que tocarlo. En cuanto le descubrió el pecho lo suficiente, dejó de desabotonarle la camisa y lo recorrió con las manos, deleitándose en su dureza. Le salpicó el pecho de besos y él la atrajo para otro beso que la dejó alucinada.

Él introdujo las manos bajo el borde de su camisa y, al sentirlas sobre su estómago, la invadieron oleadas de placer. Más… Quería que la tocase más. Le quitó la camisa con un movimiento hábil y repentino. Su primer instinto fue cubrirse, pero se resistió. No iba a dejar que las dudas empañaran ninguna parte de esa noche. Esta noche era solo para ella y, con suerte, también para Luke.

Los ojos de Luke se oscurecieron mientras la miraba y a ella se le cortó la respiración. Nadie la había mirado nunca de esa forma, como si fuera un postre que quisiera devorar, y la idea la embriagó.

—Preciosa —dijo él con voz ronca—. Eres jodidamente preciosa.

«Oh, Dios».

Antes de que ella pudiera responder, él la levantó, la sentó en la mesa y se colocó entre sus piernas. La rodeó con un brazo y atrajo su pecho hacia él.

—Oh. —El placer se abrió cámino en su cuerpo mientras él le lamía el pezón con su lengua ávida. Ella le pasó las manos por el pelo, alentándolo, manteniéndolo cerca, y él la mordió con suavidad en respuesta—. Oh, Luke.

* * *

La voz de Sam devolvió a Luke a la realidad. Soltó su pecho y levantó la mirada. Lo invadió una satisfacción masculina al ver sus labios hinchados y la lujuria en sus ojos. Eso lo había hecho él. Quería hacerle aún más cosas, pero algo lo detuvo.

—¿Es esta tu forma de vengarte de Jason?

Era un idiota por preguntarlo, pero necesitaba saber que ella sentía al menos una milésima parte de lo que sentía él, saber que no era una venganza. Las manos de ella le recorrieron el pecho y él sintió chispas eléctricas en su interior. Mierda. Quizá ya estuviera en un punto de no retorno. Sentía que moriría si no volvía a probar esos dulces labios pronto.

Pero no pensaba formar parte de ningún retorcido plan de venganza. Por muy complicados que fueran sus sentimientos hacia Jason en ese momento, Luke no podía estar con Sam por las razones equivocadas. Él merecía algo más. *Ella* merecía algo más. Y su silencio lo decía todo. Aunque debería haberse esperado que su motivación fuera la venganza, le sentó como una patada en el estómago.

Todas esas veces que se había imaginado con ella, también había imaginado que ella quería estar con él. Era una tontería, especialmente cuando tenía en frente todo lo que siempre había querido, pero ella tenía que quererlo por lo que era. Sintiéndose un completo estúpido, la soltó y estaba a punto de retroceder cuando ella lo detuvo.

—Por favor —dijo, envolviéndolo con sus brazos y presionando sus pechos desnudos contra el suyo—. Me siento menos mujer y odio que él me haya quitado eso. Quiero hacerlo. Lo necesito.

A Luke se le tensó el pecho. Ella nunca lo había necesitado antes y él se sorprendió queriendo ser el que borrase todo el dolor que Jason le había causado. Luke tomó la cara de Sam entre sus manos con cuidado y la besó. Cuando el sabor le explotó en la boca, se dio cuenta de que nunca tendría bastante de ella.

Ella rompió el beso y se movió hacia abajo, salpicando su pecho de besos y lametones seductores. Un sueño. Tenía que ser un sueño. Esa era la única explicación que se le ocurría para que Samantha lo estuviera tocando y besando. No quería despertar de ese delicioso sueño, así que la cogió en brazos y se dirigió al dormitorio. Como si ella tampoco tuviera bastante, continuó besándolo mientras él le recorría el pecho y la espalda con las manos. Era demasiado y, al mismo tiempo, no era suficiente.

Las luces de sensor se encendieron cuando entró y él lo agradeció. No quería perderse nada. Dejó a Sam sobre la cama y le lamió el pezón antes de rozarlo con los dientes. Ella aleteó las pestañas cuando él se metió el pezón en la boca. Ella gimió y arqueó la espalda, clavándole las uñas. A él se le puso aún más dura. Qué receptiva era.

Él se abrió camino por su abdomen plano a base de besos, disfrutando del sonido de su respiración dificultosa. Le bajó las braguitas y le abrió las largas piernas. La cabeza le dio vueltas cuando vio que estaba mojada. Mojada para él.

Tenía que probarla. Ella se quedó sin aliento cuando la lamió. Era tan dulce… La bebió con avidez, disfrutando de cómo sus gemidos llenaban el aire. Y, cuando estuvo cerca, la envolvió con sus labios y gimió cuando ella se corrió.

Sabía que esa podía ser su última oportunidad, así que continuó lamiendo y chupando, embriagándose de su sabor. El sonido de su nombre en sus labios lo volvió loco y aumentó el ritmo. A ella le empezaron a temblar las piernas y pronto volvió a correrse gritando su nombre.

La necesitaba *ya*.

Se enderezó, se quitó el resto de la ropa y cogió un condón. Le temblaron las manos al ponérselo. Una parte de él seguía sin poder creer que eso estuviera pasando de verdad, que no fuera un sueño. Tras años deseando a Sam, al fin estaba en su cama. ¿Qué había hecho para merecerlo? Incrédulo, levantó la mirada para asegurarse de que seguía allí y la pilló mirándolo. No era alguien con su pelo o sus ojos, era ella de verdad.

Se le nubló la mente al ver el deseo en sus ojos. A ella le gustaba lo que estaba viendo. La idea de que Sam lo desease de cualquier forma lo intoxicaba. Le faltó tiempo para volver a ella. Pronto, sus manos volvían a estar sobre ella y la estaba besando como si se estuviera muriendo de hambre. Ella jadeó suavemente cuando se la metió y fue lo más sexy que él había escuchado jamás. *Dios. Qué gusto.*

Encontraron su ritmo y lo invadieron sensaciones deliciosas. Ella cerró los ojos mientras lo envolvía con las piernas y se movía contra él. Él la vio dejarse llevar por la sensación y sintió pura satisfacción. Joder. No había nada más sexy que ver a una mujer recibiendo placer, pero ¿si encima era Sam? Era lo más sexy que había visto y vería nunca.

Demasiado pronto, sintió que estaba a punto de llegar al límite. No quería correrse sin ella, así que alargó la mano para tocarle el clítoris y ella gritó. La sensación de cómo se contraía a su alrededor fue demasiado y se corrió, vaciándose dentro de ella.

Gimiendo, juntó su frente con la de Sam, asegurándose de no aplastarla mientras recobraba la respiración. Sus pechos subían y bajaban conforme recobraba el aliento y él estaba cautivado por esa imagen. Nunca tendría suficiente de esa mujer.

Cambió de postura, la puso encima y empezó a acariciarle el brazo. Era consciente de que debería ocuparse del condón, pero no quería moverse aún. Se estaba tan bien entre sus brazos… Y, quizá, a una parte de él le preocupaba que ella desapareciese en cuanto la soltase. Así que se quedó donde estaba, disfrutando de todo durante el tiempo que pudiera.

# CAPÍTULO SIETE

Sam se estiró al despertar, sintiéndose de maravilla. Se quedó congelada cuando se dio cuenta de que había un cuerpo debajo del suyo. Uno muy duro.

*Luke.*

Se le cortó la respiración cuando abrió los ojos y vio su hermoso rostro. Estaba dormido con un brazo alrededor de ella y el otro sobre su cabeza. Aprovechó la oportunidad para mirarlo sin que se diera cuenta y observó su pelo oscuro y suave, su nariz fuerte y esos labios que la habían besado tan pormenorizadamente la noche anterior. Bajó la mirada hacia su barba de tres días y le recorrió un escalofrío al recordar cómo la había rozado con ella al besarse.

De repente, le invadió la vergüenza al recordar lo pegajosa que había sido. Él había intentado apartarse de ella y ella se había aferrado a él como si fuera su última esperanza. Avergonzada, se movió para salir de la cama, pero los brazos de él la apretaron con fuerza y, antes de que se diera cuenta, la estaba atrayendo hacia sí para besarla. Se le doblaron los dedos de los pies del placer antes de volver de vuelta al presente. Terminó el beso y le sorprendió la fiereza que vio en sus ojos.

—No lo digas —le advirtió—. No me digas que lo de anoche fue un error.

—No iba a decirlo —respondió ella—. Lo de anoche fue... —Le costaba encontrar las palabras. Había sido increíble y sorprendentemente íntimo. Quizá era por todo lo que habían hablado, pero nunca se había sentido tan cerca de nadie—. Lo de anoche fue justo lo que necesitaba —dijo finalmente, aunque eso no se acercaba a lo que había significado para ella.

No podía evitar preocuparse por la situación en la que los ponía el sexo. Había esperado que pudieran ser amigos, pero, tras la noche anterior, dudaba que eso fuera a pasar. Lo más probable era que terminasen evitándose, y eso la hacía sentir fatal. No solo lo había usado, también había tirado a la basura la última oportunidad de ser su amiga.

Y, por razones que no entendía, tenerlo como amigo parecía increíblemente importante en ese momento.

Él pareció relajarse y asintió con la cabeza.

—Quiero ver a dónde va esto.

—¿Quieres ver a dónde va esto? —repitió ella como una tonta antes de comprenderlo y que la invadiese el horror. ¿Es que él pensaba que debían tener una relación para evitar sentirse incómodos en la oficina? Porque esa era la única explicación que se le ocurría para que él quisiera convertir eso en algo que no era. La empresa lo era todo para Luke y le pegaba que hiciera control de daños en cualquier cosa que pudiese afectarla.

—Luke, no es necesario. Creo que ambos somos lo suficientemente maduros para no convertir esto en algo que no es. —No hacía falta que él fingiera unos sentimientos que no tenía. Ya había tenido bastante con Jason, muchas gracias—. Lo de anoche fue solo sexo —le dijo intentando relajar el ambiente—. Sexo increíblemente bueno que…

Antes de que pudiera decir nada más, él aplastó los labios contra los suyos en un beso caliente y ávido y ella supo que estaba enganchada. Nunca tendría suficiente. Su erección se le clavó.

—¿Esto te parece solo sexo? —preguntó él con una mirada feroz.

A ella se le cortó la respiración y él se apartó maldiciendo. Sintiéndose perdida, vio como tomaba asiento al borde de la cama, pasándose una mano por el pelo. Se le secó la garganta al ver cómo se le estiraban los músculos de la espalda cuando se movía. ¿Por qué tenía que ser tan sexy? Aunque sabía que debería salir de ahí lo antes posible, lo único que quería era rodearlo con sus brazos y convencerlo de que volviera a la cama. No se le ocurría nada mejor que pasar el día en la cama de Luke.

—No me digas que lo de anoche no significó nada para ti —dijo él finalmente girándose para mirarla.

A ella se le cerró la garganta al darse cuenta de que él de verdad había sentido algo la noche anterior. Si no, no sería tan insistente. Algo cálido se extendió despacio en su interior, suavizando las heridas de la indiferencia de Jason que aún seguían tan frescas y en carne viva.

Pero, independientemente de lo tentadora que fuera la idea de arriesgarse y aceptar lo que Luke le ofrecía, no estaba ni remotamente preparada para empezar una relación. Y él se merecía algo mejor que eso.

Ella sacudió la cabeza suavemente a causa de su propia equivocación.

—Lo siento, Luke. Es que no estoy lista para otra relación.

Tal y como se sentía en ese momento, no estaba segura de que fuera a estarlo nunca. Aunque sabía que no todos los hombres eran como Jason, dudaba que fuera a estar dispuesta a volver a correr el riesgo. Ese dolor, esa sensación de no ser suficiente, era demasiado.

Luke apartó la mirada y se le tensó la mandíbula.

—Yo sí —dijo él un momento antes de levantarse y salir de la habitación.

Sintió la necesidad de seguirlo, de arriesgarlo todo y ceder a eso que ambos querían desesperadamente, pero se recordó a sí misma que ninguna de las relaciones de Luke habían durado más de una noche. Mierda. Desde que lo conocía, dudaba haberlo visto dos veces con la misma mujer. Se cansaría de ella tarde o temprano y supo instintivamente que eso la rompería.

Suspirando por la inutilidad de la situación, fue al baño a adecentarse un poco antes de vestirse.

* * *

«Estúpido. Estúpido. Estúpido».

Luke cerró la cafetera de un golpe. ¿Qué se había creído? ¿Que, después de una noche, Sam se iba a dar cuenta de que él era el hombre indicado? ¿Que de repente iba a corresponder a sus sentimientos después de haberlo odiado durante tanto tiempo? Loco. Estaba loco de remate. Esa era la única explicación para haberle sugerido que le diera una oportunidad.

Cabreado, agarró el asa de la jara con más fuerza mientras vertía el agua dentro de la máquina. Daba igual que lo hubiera besado como si se muriese por él la noche anterior o que se hubiera sentido tan bien en sus brazos. No solo acababa de perder a su marido, sino que también acababa de descubrir que el cabrón mentiroso le había estado poniendo los cuernos. Pues claro que no estaba lista para una relación.

Ah, pero eso no le impedía a Luke quererla con todo su ser o desear que cambiase de opinión. Lo invadió la culpa al reconocer que estaba usando las aventuras de Jason como una excusa para no sentirse culpable por la noche anterior. Solo porque Jason le hubiera puesto los cuernos a Sam no significaba que estuviera al alcance de cualquiera. Lo peor era que, si no hubiera sido un egoísta y no le hubiera contado a Sam lo de las aventuras de Jason, ni siquiera habría tenido esa noche. Pero suponía que ya estaba pagando por ello con creces.

Haberla tenido una noche y no poder volver a hacerlo... Soltó un gemido. Siempre había pensado que ver a Sam hacerle ojitos a Jason era un infierno, pero esto era un millón de veces peor. ¿Saber lo dulces que eran sus labios y no poder volver a besarla nunca más? Era absolutamente insoportable.

—Eh. —Levantó la mirada y sintió que le daba un vuelco el corazón al ver a Sam entrando en la cocina con una de sus camisas puesta. La llevaba holgada y el borde le llegaba un poco más abajo de las caderas, revelando sus largas piernas.

—Espero que no te importe que te haya cogido prestada otra camisa.

Como no se había traído ropa, él le había dado una camisa antes de que se fuera a la cama. Quería que se sintiese cómoda y, quizá, también le gustó la idea de que algo suyo tocase su piel. Nunca se imaginó que también tendría el placer de quitársela. Joder, podía tomar prestadas todas sus camisas si quería con tal de que le dejase verla con ellas puestas.

—No, no te preocupes —murmuró, intentando no pensar en lo fácilmente que podría quitársela. Solo llevaba unos cuantos botones abrochados. Lo único que tendría que hacer sería tirar y ya estaría. Pero ella no lo deseaba y él tenía que aprender a vivir con eso. Otra vez.

Apretó el puño mientras ladeaba la cabeza hacia la cafetera y preguntaba con la mayor despreocupación que podía:

—¿Café?

Si había algún culpable, era él. Debería haberse controlado mejor la noche anterior. Pero ¿cómo? Después de tantos años, la mujer de sus sueños por fin estaba en sus brazos y él la había deseado. La había deseado muchísimo.

—Sí, gracias.

Preparó dos tazas de café y puso leche en una. Ella aceptó la taza de café con leche con el ceño fruncido.

—¿Sabes cómo me tomo el café?

Lo sabía todo sobre ella, pero, como eso habría sonado raro, se encogió de hombros.

—¿Cuánto hace que trabajamos juntos?

—Jason ni siquiera lo sabía —dijo ella en voz baja mirando la taza.

Él quería decirle que esa era una señal para que le diese una oportunidad, para que él le demostrase que no era como Jason. Pero no quería agobiarla, así que, dijo en tono socarrón:

—Igual deberías ponerlo como requisito para el próximo chico.

—Probablemente. —Ella se rio mientras se acercaba la taza a la nariz. Suspiró—. Huele divino. Gracias.

Él sonrió.

—Pues sabe aún mejor.

Ella sonrió y sopló para enfriar el café. Al ver sus labios fruncidos, él sintió cómo se le empezaba a poner dura, así que se obligó a mirar a otro lado. ¿Alguna vez dejaría de desearla? ¿Era acaso posible? La había deseado desde hacía tanto tiempo que ya era como un instinto para él. Quizá era por eso por lo que nunca había ido en serio con ninguna mujer. En su corazón solo había sitio para una y esa era Samantha.

—¿Quieres quedarte a desayunar? Maria…

—La verdad es que debería cambiarme e irme ya —interrumpió Sam—. Pero gracias por la oferta.

—No hay de qué —respondió él, intentando no sentirse culpable. Parecía que habían vuelto a donde empezaron: ella lo evitaba.

Genial. De puta madre.

* * *

Sam estaba mirando fijamente la tele sin ver realmente la película que había alquilado en la habitación del hotel. Tras irse de casa de Luke, había ido a comprar ropa antes de hacer el *check-in*. Pensó que una película de acción la ayudaría a distraerse, pero no podía concentrarse lo suficiente como para disfrutarla.

Solo podía pensar en Jason y en lo tonta que había sido. ¡Todo ese tiempo, él le había estado poniendo los cuernos y ella ni siquiera se había dado cuenta! ¿Cómo podía haber estado tan ciega?

Nunca había protestado cuando él quería salir con los chicos y hasta lo apoyó cuando quiso involucrarse más en la comunidad. ¡Cómo debía haberse reído de ella! Con todos sus intentos de ser una buena esposa, básicamente le había dado vía libre para ponerle los cuernos.

Se juró a sí misma que, cuando volviese a tener citas, nunca volvería a dejar que otro hombre se riese de ella. No iba a ser la pusilánime que había sido con Jason.

¡Cuando tuviese citas!

Sabía que la única razón por la que estaba pensando en eso era Luke. Aunque había rechazado su oferta de «ver a dónde iban las cosas», no se la había podido sacar de la cabeza. Había estado muy tentada de aceptar, pero sabía que no tendría forma de mantener su interés. ¿Cómo iba a hacerlo? ¡No había sido capaz de mantener ni el de su propio marido! Además, tenía la cabeza hecha un lío y no iba a arrastrar a Luke a algo así.

Una parte de ella aún no se podía creer que lo hubiera usado así. Nunca hacía esas cosas, y lo peor era que lo había hecho con Luke. Él había sido muy bueno con ella, no solo al contarle lo de Jason, sino al haberla apoyado el día anterior.

Incluso se había ofrecido a llevarla a casa y, en lugar de apreciar todo lo que había hecho por ella, lo había usado. El recuerdo la colmó de vergüenza. Vale, el sexo había sido el mejor que había tenido jamás, pero también había arruinado el inicio de una nueva amistad. ¿Cómo iba a volver a mirarlo a la cara? ¿Qué iba a pensar de ella?

Debería haberse quedado en casa la noche anterior o, mejor aún, haberse ido directamente al hotel. ¿Qué había esperado exactamente? ¿Qué Luke negase sus acusaciones? ¿Qué tuviera una excusa para todas esas fotos y mensajes que había visto en el móvil de Jason?

Ahora, en lugar de dejar todo atrás, había estropeado las cosas con Luke.

Sam alargó el brazo para coger el mando y apagó la televisión. Tenía que empezar a pensar en su futuro y en cómo iba a encaminar su vida. Empezaría mudándose a un apartamento nuevo, porque no iba a quedarse en la casa que había compartido con Jason ni de coña. La casa que una vez representó todos sus sueños de tener una familia y hacerse vieja a su lado ahora era un recordatorio de lo ingenua que había sido. No podía vivir ahí. Se buscaría un apartamento en la ciudad, muy, muy, muy lejos de esa casa.

Buscó entre los contactos de su teléfono hasta encontrar el de un agente inmobiliario amigo suyo y se detuvo antes de marcar. Llamar a un agente inmobiliario para buscar un apartamento era algo que Jason habría hecho. Él nunca se preocupaba de los pequeños detalles cuando podía delegar en otras personas. Solo tenía que chasquear los dedos y la gente acudía corriendo.

Como no quería tener nada que ver con él, pensó en cómo había buscado apartamentos antes de conocerlo y recordó que lo hacía por internet, así que decidió empezar por ahí. Aunque no viera nada que le gustase, al menos se haría una idea de lo que quería. Decidida, abrió el navegador en su teléfono y empezó a buscar apartamentos disponibles en Manhattan.

Y esa decisión, por pequeña e insignificante que fuese, la empoderó. Fue como si, después de un largo tiempo estando dormida y dejando que otra persona tomase decisiones por ella, por fin estuviera tomando el control de su propia vida.

# CAPÍTULO OCHO

—Buenos días, señora C.

La bienvenida del guardia de seguridad hizo reflexionar a Sam el lunes por la mañana. Se había estado pensando si ir al trabajo todo el fin de semana. Por una parte, odiaba la idea de seguir trabajando en el fondo que había creado Jason y que ese infiel mentiroso siguiera dictando su vida. Pero, por otra, le encantaba su trabajo y sentía que dejar el fondo sería dejarle ganar. Necesitaba hacer lo mejor para ella y no dejar que su ira hacia Jason la llevase a tomar decisiones precipitadas, como cuando sedujo a Luke el viernes por la noche. Así que, estaba intentando pensarse bien las cosas antes de hacer nada.

Pero el saludo cordial de Ruben reafirmó el hecho de que aquí siempre sería la mujer de Jason.

Daba igual que se partiese los cuernos para ser la mejor analista posible, siempre sería la mujer que había conseguido ese trabajo porque su marido era el jefe. Joder, hasta le debía a Jason el despacho con esa vista perfecta al Bryant

Park que tanto le gustaba. En Anderson, siguió teniendo que compartir un cubículo con otro contable a pesar de todos sus ascensos.

Suspirando, se detuvo y le sonrió al guardia de seguridad.

—Buenos días, Ruben.

—¿Vio el partido anoche?

—No, pero he oído que se fueron a prórroga.

Ruben sacudió la cabeza.

—Se perdió uno bueno, señora C. Hill anotó veinticinco puntos.

—Teniendo en cuenta lo que gana, tendría que haber anotado treinta. —No le interesaban mucho los deportes profesionales, pero había aprendido algunas cosas de Jason. Desde que ella le corrigió el nombre de un jugador delante de Ruben, el guarda de seguridad empezó a hablar de deportes con ella también.

Ruben sonrió.

—Solo es su segundo año. ¡Dele otro y anotará cuarenta!

—Vale, te tomo la palabra —dijo ella entrando en el ascensor privado. Le pesaba el corazón al saber que Jason lo había contaminado todo allí. Hasta sus conversaciones con el guarda de seguridad le recordaban a él. ¿Cómo iba a seguir trabajando allí sabiendo perfectamente que Jason se lo había dado todo en bandeja de plata? Nunca sería ella misma si se quedaba.

La ira volvió a medida que el ascensor subía. ¡Y pensar que justo después de que él muriese ella había querido continuar trabajando allí para mantener vivo su espíritu! Si no hubiera encontrado esos mensajes ni se hubiera enterado de que la engañaba, aún seguiría representando el papel de viuda fiel.

Con una claridad repentina, se dio cuenta de que no podía seguir trabajando en Harkin. Su amor por su trabajo y su amistad con sus colegas siempre estarían a la sombra de Jason y el hecho de que él había controlado su existencia en la empresa. Sí, ella lo había permitido, pero ya no. Ahora tenía elección y quería y *necesitaba* ser ella misma. Una persona completamente aparte de él. Y eso implicaba dejar Harkin.

Sintió que se quitaba un peso de encima, aunque la decisión la entristecía. Hablaría con Luke en cuanto pudiese para contarle que se iba.

—¡Luke! Eres justo la persona que quería ver.

A Luke le dio un vuelco el corazón al volverse hacia Sam. No la había visto desde que se fue de su apartamento el sábado por la mañana y la había echado de menos: ese pelo oscuro y sedoso en el que le encantó enterrar las manos, esos preciosos ojos marrones que reflejaban placer cuando se fundieron en uno… Por favor, que le fuera a decir que le daba una oportunidad. Nunca más volvería a pedir nada.

—Hola, Sam.

—¿Podemos hablar en privado?

Aunque el corazón le latía como loco, se mantuvo sereno por fuera. Eso esperaba.

—Claro. —Echó una mirada a su alrededor. La sala de

reuniones estaba vacía, pero las paredes de cristal no les darían ninguna privacidad y él se moría por besarla, por tenerla otra vez entre sus brazos—. Vamos a mi despacho —dijo—. No estaba tan cerca, pero al menos tendrían algo de privacidad. Se aguantó las ganas de agarrarla por la cintura de camino al despacho. Él no solía hacer esas cosas y dudaba que ella quisiera exhibir su relación frente a los empleados.

Una vez que hubieron cerrado la puerta, Sam se volvió hacia él.

—Quiero vender la parte de la empresa de Jason.

Él giró la cabeza como si ella le hubiera abofeteado. *¿Quería vender?*

No quería hablar con él para darle una oportunidad, sino que iba a cortar la única conexión que tenía con ella. Pensarlo hizo que se le encogiese el estómago.

Iba a deshacerse de todo lo que le quedaba de su antigua vida, incluyéndolo a él.

Esa decisión repentina de vender era la prueba de que solo había estado con él por conveniencia, para sentirse mejor tras descubrir las mentiras de Jason. Y, aunque sabía que la noche que pasaron juntos no había significado tanto para ella como para él, le dolió darse cuenta de lo poco que le importaba.

Había sido la mejor noche de su vida.

Se dio cuenta de lo mal parado que lo dejaría a él profesionalmente que ella dejara la empresa. La prensa ya estaba haciendo ver que él no sabía lo que hacía, incluso un periodista había insinuado que Jason era el cerebro de Harkin y había recomendado a los lectores que retirasen su dinero de la empresa. Interpretarían la marcha de Sam como una señal de que ella tampoco confiaba en que él dirigiese Harkin.

Él sacudió la cabeza.

—Sam...

—Cincuenta millones —dijo ella suavemente, pero con firmeza.

*¿Cincuenta millones?* Eso era menos de lo que recaudaban en gastos de gestión en un año. Sí que debía de tener ganas de irse para no haber pedido siquiera las ganancias de un año.

—La mitad para mí ahora —continuó ella—, y la otra mitad para un par de organizaciones benéficas de forma escalonada durante unos años.

Incluso con todo lo que tenía encima, seguía pensando en los demás. Se habría reído si no se sintiera tan destrozado.

Necesitaba tiempo para pensar, así que fue a sentarse en su escritorio. En momentos como ese deseaba tener alcohol en su despacho.

—Lo siento, Sam, pero no puedo arriesgar nada ahora mismo —dijo cuando se ubicó—. Quizá en un trimestre o dos. —Tenía que asegurarse de que el negocio se estabilizase antes de comprometerse con ninguna decisión financiera importante.

—No voy a quedarme, Luke —contestó ella con una intensidad que le sorprendió. Como si se hubiera dado cuenta de su tono, hizo una pausa y suavizó la voz—. No puedo seguir trabajando aquí, vaya a donde vaya todo me recuerda a él.

—Lo siento, Sam —dijo él ignorando la mención a Jason. Odiaba que ella siempre tuviera su recuerdo presente y que Jason siguiera quitándole cosas a una mujer tan increíble—, pero no voy a pagar cincuenta millones por una compañía que quizá no exista dentro de un año. —Sabía que se lo estaba poniendo difícil, pero la empresa debía ser su máxima prioridad.

—¿Tan mal están las cosas? —preguntó ella sentándose frente a él.

—Ya sabes lo mucho que nos afectó el fracaso de Cervco el año pasado. La muerte de Jason lo ha empeorado todo —suspiró él, y añadió—: Y hay otra razón por la que no puedo comprar tu parte de la empresa. Poco después de la muerte de Jason, descubrí que había estado sobreendeudando el fondo de recuperación. Hemos liquidado una gran parte de los holdings, pero todavía nos queda mucho. Tenía pensado utilizar nuestras reservas de efectivo si algo iba mal.

Bueno, lo que quedaba de las reservas. Con todas las pérdidas que había sufrido la empresa, sus activos líquidos, que siempre habían sido más sólidos que los de la mayoría en esa industria, estaban al límite.

—Siento no habértelo dicho antes, pero no quería que pensases mal de él. —Los ojos de ella reflejaron emoción y él podía adivinar que estaba pensando cómo iba a irse en mitad de todo eso. Para tranquilizarla, le dijo—: Dame seis meses. Si para entonces todo está bien, te la compro. —La idea de que se fuera lo perturbaba, pero entendía que era algo que debía hacer para seguir adelante. Solo esperaba que se diera cuenta de lo mucho que le encantaba su trabajo y decidiera quedarse.

Ella dudó y finalmente asintió.

—¿Y te importaría quedarte un par de semanas para la transición? —le preguntó, porque sabía que su partida iba a ser un caos. Aunque ella trabajaba mayormente como analista en el fondo de deuda corporativa, también estaba involucrada en casi todos los departamentos de la empresa.

—Yo… Claro. —La gratitud y el alivio se reflejaron en sus ojos y él supo que se estaba engañando a sí mismo al pensar que ella cambiaría de idea. Se iría tan pronto como pudiera sin mirar atrás.

—¿Cómo quieres que lo hagamos? ¿Quieres que digamos que te vas porque necesitas un tiempo?

—Supongo. —Ella se encogió de hombros y frunció el ceño—. ¿Y si decimos que he decidido apartarme de la empresa para centrarme en las obras benéficas?

—Claro. Con todas las donaciones que tienes planeado hacer, dudo que alguien vaya a cuestionarlo. Antes de que anunciemos nada, necesito hablar con Hank. ¿Podemos hablar más tarde sobre cómo deberíamos repartir tus responsabilidades? —Tal y como estaban las cosas en Harkin, no quería contratar a nadie más.

—Por supuesto.

Luke sintió un peso aplastante sobre los hombros. No le daban un respiro. Primero, el fracaso de Cervco, y luego, la muerte de Jason. Y, por si eso fuera poco, ahora Sam también se iba. Aunque su marcha no iba a afectar tanto al negocio como las otras dos, era algo devastador. Verla siempre le había alegrado el día. No podía imaginarse no tenerla allí. No quería hacerlo.

Le preocupaba hacer el ridículo e intentar hacerla cambiar de opinión, así que se aclaró la garganta y se levantó.

—Tengo una reunión con un cliente en unos minutos. Luego me paso por tu despacho para que nos ocupemos de todos los detalles.

—Vale, estupendo.

Él sonrió tristemente mientras la acompañaba a la puerta. Necesitaba una copa. Quizá se llevase al cliente al bar que había al final de la calle. No es que se pudiera emborrachar en horario de trabajo, pero puede que una copa le ayudase a mitigar el dolor de la partida de Sam.

* * *

—¿Estás segura de que no quieres hablar con los becarios? —le preguntó Ross a Sam al día siguiente cuando ella le dijo que no podía seguir impartiendo el taller de análisis financiero. Iban a anunciar su marcha ese mismo día, pero había querido avisar a los analistas, ya que el programa de prácticas iba a empezar la semana siguiente.

Los dos últimos años ella había impartido la clase de introducción y tenía planeado volverlo a hacer este año, pero, como se iba, Ross iba a tener que hacerlo él mismo o buscar a alguien que lo ayudase.

—Estoy segura. —Aún seguiría allí cuando empezase el programa, pero pensó que era mejor si no conocía a los becarios. No quería que se encariñasen demasiado con ella y luego se sintieran abandonados cuando se fuera. Además, estaba segura de que un par de analistas disfrutarían la experiencia de ser mentores de los becarios si les dieran la oportunidad. Aunque los analistas de la empresa no eran precisamente maternales, dudaba que les fuera a importar tener a uno o dos becarios tomando ejemplo de ellos.

—¿Y si vas a charlar un rato? —preguntó Ross.

Sam sonrió. Cómo se preocupaba ese hombre. Ni siquiera se emocionaba cuando los gestores de fondos compraban acciones siguiendo su recomendación. Normalmente acababa preocupándose por el rendimiento de las acciones o por si el gestor las había comprado «demasiado pronto».

—Estoy segura de que lo vas a hacer bien —le dijo ella—. Si de verdad te sientes incómodo, pídele a alguien que te ayude. Estoy segura de que Joanne o Chris lo harían encantados.

Él cogió una libreta y un boli.

—¿Por qué decías que no usamos el flujo de operación? —preguntó, moviendo la mano—. A ver, sé por qué, pero me gusta cómo lo explicas tú.

Ella sabía que ignorar el flujo de operación iba en contra de lo que enseñaban un montón de facultades de economía, pero para ella solo era ruido de fondo.

—Porque no hay ninguna razón para usarlo —dijo—. Solo hace que las ganancias parezcan más grandes de lo que son en realidad. Los intereses, las tasas… —paró de hablar cuando vio que él estaba tomando notas como un loco—. ¿Prefieres que te mande un email?

El alivio en sus ojos fue casi palpable.

—Sí, por favor.

Ella se rio.

—Vale, prepararé algo y te lo enviaré al final del día. —Le apretó la mano para tranquilizarlo—. Tranquilo, va a salir bien.

—Para ti es fácil decirlo —dijo él con tono acusatorio—. Todavía no me puedo creer que vayas a abandonarme.

Ella resistió las ganas de poner los ojos en blanco. Se estaba comportando como si lo estuviera dejando a cargo de un grupo de bebés.

—Solo son cinco. —Él se quejó y ella volvió a reírse—. Llámame si necesitas algo.

Sintió ese hormigueo familiar en las venas cuando entró en el piso de las transacciones. Mientras se dirigía a su oficina pensó que lo iba a echar de menos. En lugar de sentirse empoderada, como si estuviera recuperando su vida, sentía que estaba abandonando a esos compañeros que se habían convertido en su familia. Aunque los gestores de fondos de cobertura y los analistas no eran precisamente conocidos por ser cariñosos, había entablado buenas relaciones con unos cuantos, posiblemente porque no la veían como competencia.

Había sido la mujer del jefe y todo el mundo había esperado que se fuera en cuanto llegasen los niños, y ella había asumido lo mismo. Poder decidir su horario de trabajo fue un gran motivo por el que aceptó unirse a la empresa. Había pensado que así podría controlar su horario laboral y estar presente para sus hijos de cualquier forma que necesitasen.

Como sus dos padres tenían trabajos a tiempo completo,

ninguno de los dos había podido ir nunca a sus recitales de piano ni a ninguna de sus actividades del colegio. Siempre había envidiado a sus compañeros de clase cuando sus padres habían ido a apoyarlos y había sabido que, cuando ella fuera madre, quería hacerlo todo: ir a los partidos de sus hijos, llevarlos a los entrenamientos e incluso ayudarlos con los deberes.

Pero los niños nunca habían llegado.

Jason siempre había encontrado la forma de aplazarlo. Al principio, le había dicho que quería que tuvieran un periodo de luna de miel sin niños, y a ella le había parecido romántico. Más tarde, cuando ella había vuelto a insistirle el año anterior, él había dicho que estaba demasiado ocupado con el trabajo para formar una familia, que cuando tuviera hijos quería que estos fueran su máxima prioridad.

Cómo iba a saber ella que él tenía tiempo de sobra, pero que tenía otras prioridades. Apretó los puños al pensar en todos los años que había malgastado con él. Independientemente de lo que sintiera acerca de su trabajo y sus compañeros, dejarlo todo y empezar de cero era la decisión correcta.

Mientras se acercaba a su despacho, se le ocurrió una idea y fue hasta recepción. Sonrió al abrir la puerta y ver a la joven rubia tras el escritorio.

—Eh, Theresa. ¿Podrías pedir comida para toda la oficina?

Con suerte, la comida suavizaría la noticia de su marcha.

—Claro, ¿a dónde?

—Elige tú.

Theresa abrió mucho los ojos.

—¿En serio?

—Sí. No hagas que me arrepienta.

—No lo haré. ¡Guau, gracias, Samantha!

—De nada —contestó ella, contenta de haber hecho feliz a alguien. Se sintió culpable al pensar que esa felicidad no duraría mucho. Ya podía imaginarse la cara de sorpresa de Theresa cuando Luke diera el anuncio más tarde.

Con suerte, a la joven recepcionista no le dolería mucho. ¿Quién sabía? A lo mejor Sam estaba sobrevalorando su cercanía con sus empleados.

—Y, por favor, cárgalo a mi cuenta personal.

Sí, la comida sería una buena forma de suavizar la noticia y aliviar su conciencia.

# CAPÍTULO NUEVE

Luke acababa de llegar al piso de las transacciones a la mañana siguiente cuando vio a Hank dirigirse hacia él. La expresión de su director de operaciones era sombría y Luke supo instintivamente cuál era el problema.

—Hemos perdido otro cliente —dijo Luke de forma preventiva cuando Hank se paró frente a él. Sabía que el alivio temporal que habían experimentado recientemente era demasiado bueno para ser verdad. No habían perdido ningún cliente desde la semana anterior y él tenía la esperanza de que esa fuera la última retirada.

—En realidad, hoy hemos perdido dos.

Joder, ¿cuánto más iban a perder? Ya era bastante difícil trabajar con el poco capital que tenían, por no mencionar lo desmoralizante que era para los sectores. Notaba que algunos estaban a punto de venirse abajo.

—¿Cuáles? —preguntó.

—Uno de los fondos de pensiones de Nueva Jersey y NorCal.

—Por favor, dime que no es el de los profesores. —El fondo de pensión de los profesores de Nueva Jersey valía alrededor de ochenta millones de dólares.

—No, es Dayner.

Luke notó que el peso que sentía en el pecho se aflojaba un poco. La pensión de Dayner, como mucho, valía unos veinte millones, pero la de NorCal era mucho mayor, tres veces más. No podían permitirse perder más clientes o tendría que haber recortes. Cuando hizo números la noche anterior, vio que la empresa apenas quebraría incluso si los beneficios eran similares a los del año anterior. Con la pérdida de estos dos clientes, Harkin ya estaría en números negativos a menos que recortasen gastos, que eran en su mayoría nóminas. Y no quería despedir a nadie por algo que había sido culpa suya. Una cosa era despedir a un empleado porque no trabajaba bien, pero despedirlo por algo que estaba fuera de su control era impensable.

—Abre el fondo a nuevos clientes —le dijo a su director de operaciones. Hacía dos años que había cerrado Harkin a nuevos inversores porque no había querido aceptar inversiones más arriesgadas solo porque tuvieran más dinero que manejar. Tras la muerte de Jason, se había resistido a abrir los fondos porque tenía la esperanza de que las cosas cambiasen. No había querido que se corriese la voz de que la gente estaba retirando el dinero y que sus clientes fieles empezasen a preocuparse también, pero era un riesgo que tenían que correr si no querían que la empresa se enfrentase a despidos masivos.

Le recorrió un escalofrío al pensar que nadie iba a querer invertir con ellos y se regañó a sí mismo. Estaba exagerando. Claro que aún habría gente que quisiese invertir en Harkin. ¿Por qué no, después de todos esos años generando beneficios sólidos? Solo necesitaba unos cuantos meses para que la gente viera que estaban exagerando y que todo iba a ir bien. Tenía que ir bien.

—Hazlo lo más discretamente que puedas —le dijo a Hank.

—Por supuesto.

Y eso era solo la punta del iceberg. Pronto tendrían otras preocupaciones, cuando NorCal firmase con otro fondo. Conseguir uno de los clientes de Harkin Capital Management sería todo un hito, así que sin duda el nuevo fondo lo anunciaría a los cuatro vientos, igual que había hecho Jason en los comunicados de prensa cuando le quitaron NorCal a Tyco Enterprises.

Hank dudó antes de hablar.

—¿Has pensado en retener los fondos?

Luke parpadeó, sorprendido. Lo había pensado, pero no se podía creer que Hank lo hubiera preguntado en serio. Impedir a los clientes que retirasen su dinero, aunque fuera solo algo temporal, haría su trabajo (y el de todo el mundo) mucho más difícil, ya que, encima de todo, tendrían que lidiar con clientes cabreados.

Hank tenía que estar preocupado de verdad para haber sugerido eso.

—Sí, pero decidí que era mejor no hacerlo —respondió Luke—. Incluso si consiguiéramos beneficios estratosféricos, se irían en cuanto pudieran—. No era que a sus clientes les hiciera falta el dinero, pero a nadie le gustaba no tener acceso a sus fondos.

Luke esbozó una sonrisa con la esperanza de tranquilizar a Hank mientras se dirigía hacia su despacho.

—Gracias por mantenerme informado. Creo que esta vez recibiremos más inversiones extranjeras que pensiones.

—Él preferiría engrosar las cuentas de jubilación de trabajadores americanos antes que las de los ya ricos extranjeros, pero no estaban para elegir.

Hank resopló mientras lo seguía.

—Solo a ti se te ocurriría pensar en eso en un momento así.

Su respuesta le recordó a Luke lo diferentes que eran sus orígenes. Aunque Hank no provenía de una familia rica como Jason, tampoco venía de una precisamente pobre. Hank no sabía lo que era trabajar durante más de cuarenta años y solo tener una pensión de la empresa para mantenerte durante tu jubilación. No entendía que los altos beneficios que ganaban para los fondos de pensiones representaban una diferencia abismal para los jubilados. Podían jubilarse de forma anticipada, ayudar a pagar la educación de sus hijos o sus facturas médicas.

—Querer ayudar a la gente no tiene nada de malo. —Luke pensó en cómo su padre no habría tenido que trabajar tanto ni durante tanto tiempo si los gestores de fondos de inversión que estaban a cargo de su pensión no la hubieran cagado de esa forma. Si no hubiera sido por el afán de los fondos de inversión de superar al resto con grandes beneficios, su padre podría haberse retirado a los sesenta y cuatro en lugar de partirse los cuernos en la fábrica.

—Y así es como nos lo pagan —dijo Hank haciendo un gesto hacia la planta de transacciones.

Al igual que Jason, Hank siempre había estado a favor de complacer a los clientes ricos. Había mucho menos papeleo y requisitos y podían codearse con los ricos y poderosos. Pero ¿de qué servía hacer a los ricos aún más ricos? Al final, lo que hacían era llenar arcas que ya estaban llenas.

—Venga ya —dijo Luke—. Ni que los fondos de pensiones fueran los únicos que han retirado el dinero. —Algunos de sus clientes más adinerados también se habían ido. Simplemente parecía que los fondos de pensiones eran los peores porque algunos eran muy grandes.

Quizá no debería haber discutido tanto con Jason sobre cerrar Harkin a nuevos clientes dos años atrás. A lo mejor, si no lo hubiera hecho, no estarían en esta situación ahora. Pero, igualmente, podrían haber terminado con más empleados incluso de los que preocuparse y el daño que Jason había hecho con el sobreendeudamiento podría haber sido aún peor. A Luke le palpitaba la cabeza. Tenían suerte de estar en un mercado ascendente ahora mismo, porque, de lo contrario, habría sido un infierno.

—Sí, pero los fondos de pensión y los sindicatos son los que nos están dando más problemas ahora mismo. —Hank sacudió la cabeza—. Iré a hablar con Betty sobre lo de abrir los fondos.

Luke suspiró mientras abría su puerta. Al menos podía confiar en que Hank haría lo que le había pedido. Puede que no estuviera de acuerdo con todo lo que hacía Luke, pero al menos no lo desafiaba como Jason.

Como de costumbre, Luke empezó a pensar en Sam mientras se acomodaba en su despacho. Aún no se había ido y ya echaba de menos su sonrisa y el sonido de su voz.

Se podía imaginar cómo estaría en unos meses, cuando ella se hubiera ido.

Nunca habían sido amigos como tal ni se habían mantenido en contacto fuera del trabajo, así que Luke sabía que tendría suerte si ella le mandaba un mensaje de vez en cuando. Por un momento, se preguntó si podría usar la retirada de los clientes como excusa para hacer que se quedase más de las dos semanas que le había pedido hasta que lo invadió la vergüenza. Ella estaba haciendo todo lo posible para gestionar lo que tenía encima y él quería empeorarlo por razones totalmente egoístas.

Cogió su móvil, asustado por lo mucho que lo tentaba la idea de retrasar comprarle a Sam su parte de la empresa. No iba a arriesgarse a dejar que ella viniese a su despacho para decirle que le compraría su parte inmediatamente, porque para entonces podría haber cambiado de opinión. Cuando ella se fuera, por fin podría dedicarle a Harkin toda su atención. No estaría pensando en ella constantemente ni tomándose descansos para el café cada dos horas con la esperanza de verla por ahí.

Su móvil sonó y frunció el ceño. A lo mejor era bueno que Sam lo hubiera rechazado. No es que tuviera precisamente tiempo para una relación, pero no había podido evitar pedírselo. Tras solo una noche con ella, ya había querido más.

—¿Luke?

Escuchar su nombre en los labios de Sam le provocó placer y supo que estaba tomando la decisión adecuada. Tal y como estaba la empresa, no se podía permitir ninguna distracción. Ignorando la voz que le decía que estaba cometiendo un error, dijo sin rodeos:

—Te compro tu parte. Antes de que te vayas hoy tendré preparado el papeleo.

—Espera… ¿Va en serio? Gracias, Luke.

—Gracias a ti también —dijo él, intentando no pensar en lo aliviada que sonaba. Sí que quería irse—. Sé que podrías haber pedido más.

—Te lo mereces, sé todo el esfuerzo que le has dedicado a la empresa.

—Jason también trabajó mucho —se sintió obligado a responder—. Aunque seguía enfadado con Jason por haber sobreendeudado el dinero de los clientes, sabía que ni siquiera existiría una impresa de la que preocuparse de no ser por él. Luke nunca habría tenido el valor ni los recursos para abrir un fondo nada más acabar la universidad, ni tampoco los contactos para conseguir clientes.

—Si les hubiera dado la participación a los padres de Jason, me la habrían devuelto.

Sí, seguramente. Los padres de Jason adoraban a Sam y no es que necesitasen el dinero. Jason provenía de una de las familias más antiguas y ricas de los Estados Unidos y su madre era una heredera, así que tenían dinero suficiente para diez vidas.

—¿Podrías mandarme la lista de organizaciones benéficas a las que quieres donar y un calendario preliminar lo antes posible?

—Eh…Claro. No esperaba que fuera a ser tan pronto, pero gracias. Te lo agradezco de verdad.

—No es nada —mintió Luke—. Le diré a John que haga un borrador del contrato.

Colgó y su cabeza se aclaró. Vale, había hecho su trabajo más difícil al acceder a sacar aún más dinero de la empresa, pero sabía que podía manejar la situación. Dejaría entrar a unos cuantos inversores más, empezaría a intentar hacerse con uno o dos fondos de pensiones y se centraría en aumentar las acciones que tenían. Sería un reto, pero ya lo había hecho antes.

Pero, aunque tenía la mente clara, sus emociones eran un desastre. Y para eso no había solución, así que hizo esas preocupaciones a un lado y se concentró en el trabajo.

*El último día de Sam en la empresa.*

Luke sintió que se le comprimía el pecho al ver a Sam meter una foto enmarcada en una caja de cartón. No podía creerse que de verdad fuera a irse. Suponía que en parte se había esperado que ocurriese un milagro, que ella se diese cuenta de que le encantaba su trabajo y decidiera quedarse o que algo, lo que fuera, la hiciese cambiar de idea, pero todo habían sido ilusiones.

Como no sabía cuándo volvería a verla, se tomó su tiempo para observarla bien. Toda ella, desde su pelo oscuro y suave a esas curvas de escándalo que ese vestido negro resaltaba tan bien. Y no solo le gustaba su exterior, era aún más hermosa por dentro.

Fiel a su estilo, no solo iba a donar la mitad de lo que ganaría vendiendo su parte de la empresa, sino que también iba a empezar un programa para crear una beca con el nombre de Jason usando el dinero que aún tenía invertido en Harkin. Aunque Harkin solo igualase la rentabilidad del mercado, el dinero que ella había destinado para la beca sería suficiente para pagar la matrícula de cinco estudiantes nuevos durante muchos años.

Aunque ella diría que estaba haciendo lo de la beca por los padres de Jason, él sabía que no era así. Puede que no le gustase tanto como a Jason hacerlo público, pero le encantaba ayudar a la gente.

Se dio cuenta de que llevaba un buen rato mirándola, así que llamó suavemente a la puerta abierta. Ella se dio la vuelta rápidamente y el forzó una sonrisa mientras se metía la mano en el bolsillo trasero.

—Gracias por explicarles todo a los chicos.

—No ha sido nada.

A él le tembló el labio. Había escuchado a más de una persona intentar hacerla sentir culpable para que se quedase. No podía ni imaginarse lo duro que habría sido para ella decir adiós teniendo en cuenta lo bien que se llevaba con todo el mundo. El hecho de que aun así se fuera era prueba de lo mucho que quería marcharse.

—Ah, casi se me olvida. —Sacó un sobre de papel de manila de su escritorio—. Aquí están todas mis llaves y tarjetas de crédito —dijo mientras se lo daba—. Ya he cancelado las tarjetas, pero te las quería dar por si las necesitas. Casi todas las llaves están etiquetadas, pero hay un par que no tengo ni idea de qué abren. —Se encogió de hombros—. Se han ido acumulando con los años.

—Gracias —murmuró él, recorriendo el borde del sobre

con los dedos. Sabía que debería estar agradecido de que ella estuviera siendo tan considerada por haber pensado en todo, pero lo único en lo que podía pensar era en que le estaba dando cada vez menos excusas para ponerse en contacto con ella.

Desechó el pensamiento y preguntó:

—Bueno, ¿qué vas a hacer ahora? —No se la imaginaba ociosa en casa. Era demasiado trabajadora como para quedarse quieta mucho rato.

—Al principio, pensé en volver a Anderson. Mi antiguo director es ahora jefe del departamento y estoy bastante segura de que me contrataría.

A él se le paró el corazón al oír eso y ella añadió rápidamente:

—No te preocupes, me di cuenta de que no podía hacerlo cuando vine la semana pasada.

—Lo siento, Sam, pero sabes que si trabajases en otro sitio la empresa quedaría fatal, ¿no? —La razón que habían dado para su marcha era que iba a centrarse en las obras benéficas, así que no es que pudiese irse a trabajar a otra empresa.

—Lo sé, pero la verdad es que no sé lo que voy a hacer. No me veo en una junta de beneficencia. Incluso antes de todo este lío con Jason, nunca fue lo mío.

Ni lo suyo. Intentó no pensar en lo similares que eran. De repente, se le ocurrió algo y frunció el ceño.

—¿Por qué nunca te han dejado dinero para que lo gestionases? —Si hubiera sido cualquier otra persona, como mínimo la habrían ascendido a gestora de cartera junior.

—Pues… —Se encogió de hombros—. Nunca se dio. Ya

sabes cómo me metí en esta industria. —Hizo una pausa, como si estuviera considerando la idea—. ¿De verdad crees que podría ser gestora?

Su tono optimista le sentó fatal. ¿Es que Jason nunca le había dicho lo buena que era? Aunque no tenía la experiencia de otros analistas, era tan buena como cualquiera de ellos. Incluso mejor, en su opinión, aunque probablemente no estaba siendo objetivo. Le encantaba todo de ella, incluyendo sus informes. Le encantaba ver cómo funcionaba su mente y el hecho de que prácticamente podía oír su voz cuando los leía.

Pensó en cómo Jason le había impedido crecer profesionalmente y apretó los puños. Daba igual lo que Jason hubiera hecho, porque Sam se iba. Le iba a dar la espalda a Harkin sin mirar atrás. Así que, en lugar de decir nada de lo que quería, asintió con brusquedad.

—Sí.

Ella le dedicó una sonrisa radiante.

—Gracias. No es que vaya a serlo, pero significa un montón para mí que pienses que podría. —Se encogió de hombros y metió una mano en la caja—. Acabo de conseguir un apartamento en el 49 con Lex y me voy a mudar este fin de semana —dijo tras una pausa, e intentó no pensar en lo cerca que iba a estar de él. Tampoco era que le fuera a hacer más visitas de madrugada.

—¿Vas a vender la casa?

—Sí, pensé que sería lo mejor. Es un poco grande para una sola persona.

La ira lo invadió al pensar en todas las cosas a las que estaba renunciando por culpa de Jason: su trabajo, su casa...

Quería decirle que él no lo merecía, pero esa era una conclusión a la que tenía que llegar ella sola.

—¿Quieres que salgamos a cenar esta noche? —preguntó antes de poder detenerse. Daba igual cuántas veces se repitiese a sí mismo que todo sería más fácil cuando ella no estuviera, no tenía ninguna prisa por verla marchar. Si era sincero consigo mismo, no quería olvidarla. Cada vez que pensaba en ella o en aquella noche que pasaron dos semanas atrás, sentía que estaban hechos el uno para el otro.

Ella sonrió y él sintió un alivio en el pecho.

—Tienes una reunión con Clarence Myers a las ocho.

Mierda, se le había olvidado. Por un segundo pensó en cancelar la reunión, pero se sintió culpable. Ya habían perdido demasiado y no se podía permitir ofender a ningún cliente más.

—Bueno, otro día entonces.

—Claro —contestó ella sin ofrecerle una alternativa, y supo que solo estaba siendo educada. No tenía intenciones de verlo.

La decepción se instaló en su estómago. ¿Qué se esperaba, si ella ya lo había rechazado? Debería estar preparándose para su reunión en lugar de perder el tiempo deseando imposibles.

Con esa idea en mente, se retiró hacia la puerta.

—Vale, bueno, ya nos veremos por ahí.

# CAPÍTULO DIEZ

Una semana después, Sam se sintió aliviada al ver cómo su chófer ayudaba a los trabajadores de la organización benéfica a cargar el último de los coches de Jason en un camión. *El garaje estaba vacío al fin.*

Jim, uno de los trabajadores, se acercó a ella cuando terminaron.

—Gracias de nuevo, señora Collins. Se lo agradecemos de verdad.

—No hay de qué. Me alegro de que los coches puedan servir de algo. —Ella solo quería que se llevaran todo para poder vender la casa cuanto antes.

Lo que una vez había sido la casa de sus sueños ahora representaba todos sus fracasos. La habitación que ella había planeado destinar al bebé la habían tirado abajo y se había convertido en parte del cine que había construido Jason. El espacio que ella quiso que fuera la sala de juegos de los niños se había convertido en el despacho de Jason. Joder, hasta la zona del jardín trasero en la que ella había querido poner un tobogán y un parque infantil se había cimentado para poner un cenador para los invitados.

Aunque ella había podido elegir el color de la pintura y otros detalles decorativos cada vez que hicieron reformas, la reforma en sí siempre había sido idea de Jason. Lo único que ella había querido y conseguido era el camino de baldosas que cruzaba el césped para cuando la visitasen sus padres.

A pesar del esfuerzo, no los habían visitado mucho porque no se sentían cómodos en esa casa. A decir verdad, era con Jason con quien no se sentían cómodos, porque no tuvieron ningún problema en quedarse allí con ella cuando él murió. Él nunca había sido grosero con ellos, pero tampoco se había esforzado nunca por hacerlos sentir cómodos. Siempre hablaba de lugares y cosas que ellos no se podían permitir.

¡Y la comida!

Se sintió aún más culpable al recordar una noche específica en la que sus padres apenas pudieron probar la cena. Como el menú estaba en francés, decidieron pedir la recomendación del camarero, que resultó ser manitas de cerdo. Cuando ella se lo contó a Jason más tarde, él le dijo que deberían haber preguntado al camarero qué eran ciertas cosas o pedir algo fuera de carta. En ese momento le pareció razonable, pero ahora se daba cuenta de que había sido una pusilánime.

Debería haberse plantado cuando se dio cuenta de que Jason siempre escogía restaurantes en los que sus padres no estaban cómodos, pero no quería discutir, especialmente cuando el que pagaba era él. Y con las reformas había pasado lo mismo; no había querido hacer una montaña de un grano de arena cuando todavía tenían un montón de espacio.

—Es la mejor donación que nos han hecho nunca —dijo Jim, trayéndola al presente—. Incluso si solo conseguimos la mitad del valor de los coches en la subasta, será suficiente para cubrir todos nuestros gastos durante un año.

Era bueno que no hubiera cedido a la tentación de rayar con una llave los coches que Jason tanto había querido tras descubrir lo que había en su teléfono. No habría podido donar ninguno o todo el mundo se habría enterado de sus verdaderos sentimientos hacia su marido.

Al principio, pensó en darle los coches a su suegro, pero, teniendo en cuenta que Jason había muerto en un accidente de coche, no le pareció apropiado. Además, la mayoría de las organizaciones benéficas a las que había decidido donarlos eran las que Jason había respaldado. Estaba segura de que a sus padres les parecería bien.

Su parte mezquina no quería seguir financiando las organizaciones benéficas en las que había participado Jason, pero sabía que eso no estaba bien. Solo porque se hubiera acostado con una miembro de una junta de beneficencia no significaba que ese fuera su modus operandi. Además, no podía castigar a toda una organización por las acciones de una sola persona, especialmente cuando estaban ayudando tanto a la comunidad.

—Y, a juzgar por las llamadas que estamos recibiendo, esta va a ser la mayor subasta que hayamos hecho nunca —continuó Jim—. La gente ya está llamando para la precalificación.

—Qué bien. Me alegro de que se les vaya a dar buen uso a los coches.

—Bueno, tenemos que irnos ya. —Jim arrancó una hoja de su bloc de notas y se lo tendió—. Este es el recibo de la donación, aunque estoy seguro de que Connie enviará una lista detallada del inventario del año en febrero.

—Gracias.

—No, gracias a usted —dijo él abrazando el bloc de notas contra su pecho—. No sabe lo mucho que significa esta donación. Los niños... —Sacudió la cabeza como si le costase encontrar las palabras.

Ella sonrió.

—El darle a esos niños un sitio en el que puedan quedarse después de clases es agradecimiento más que suficiente. —No sabría que habrían hecho ella y su hermana de no haber sido por los centros comunitarios que dirigían organizaciones como esta. Dado que sus padres trabajaban todo el día, ella y su hermana habían ido a su centro comunitario local todos los días después del colegio. Ese centro no solo les había garantizado un lugar seguro en el que quedarse hasta que sus padres pudiesen ir a recogerlas, sino que también había sido como un segundo hogar para ellas.

En cuanto Jim se marchó para reunirse con los trabajadores que charlaban junto al camión, ella se dio la vuelta y contempló el diminuto riachuelo que fluía a través del jardín japonés y de repente se dio cuenta de lo mucho que iba a echar de menos todo esto. Era como tener su propio parque privado en el jardín trasero. Le encantaba pasear por aquí después de la cena y disfrutaba leyendo fuera cuando tenía la ocasión.

Frunció el ceño al darse cuenta de que su jardín trasero era más grande que el parque al que su madre las llevaba a ella y a su hermana de pequeñas. Madre, sí que era una consentida. Quizá mudarse a la ciudad le haría bien en muchos aspectos.

Oyó el sonido de un coche acercándose y se volvió para ver a Nina conduciendo en su dirección.

—¿Qué haces aquí? —preguntó Sam en cuanto Nina se bajó del coche. Aunque se alegraba de ver a su amiga, había tenido que conducir bastante para llegar hasta allí, especialmente con todo el tráfico que había.

—Necesito que me prestes un vestido. Viene Andrew...

—No me digas más —dijo Sam levantando la mano. Aunque no había conocido al novio de Nina, ya le caía bien por todo lo que había escuchado sobre él durante las últimas semanas.

El alivio brilló en los ojos de Nina.

—Gracias —murmuró mientras la abrazaba—. Eres mi salvadora.

—Deberías haberme pedido que llevase algunos vestidos a mi apartamento —dijo Sam cuando se separaron —. Te habrías ahorrado el viaje.

—Lo sé, pero ya me siento bastante mal por estar siempre saqueándote el armario. —Nina se encogió de hombros—. Te ofrecería dejarte alguno mío, pero comparados con los tuyos parecen de segunda mano. Además, me habría perdido a estos tíos buenos. —Se bajó las gafas de sol y observó cómo los hombres cerraban el camión.

Sam se rio. Esa mujer no tenía vergüenza.

—Se están llevando dos de los coches de Jason para una subasta benéfica —le explicó.

Nina volvió la cabeza bruscamente.

—Espera, ¿has regalado dos coches?

—Los he regalado todos. —No quería tener nada que ver con Jason.

Nina se quitó las gafas de sol.

—Siento tener que decírtelo, Sam, pero lo más seguro es que Jason te mintiese sobre el precio de alguno de esos coches. No creo que se gastara menos de medio millón en ninguno.

—La vedad es que ahora mismo no estoy pensando en eso —dijo Sam con la esperanza de no sonar como una de esas viudas ricas que nunca se preocupaban del precio de nada. Aunque Nina era una abogada exitosa, uno de esos coches equivalía fácilmente a cinco veces su salario anual.

Nina le apretó el brazo.

—Tienes razón, lo siento.

Mierda. No pretendía que su amiga se sintiese mal.

—No te preocupes —dijo rápidamente—, y gracias por decírmelo. Lo tendré en cuenta cuando decida qué hacer con el resto de sus cosas —mintió.

—¿Cómo has estado? —preguntó Nina cogiéndola de la mano.

Su mirada de preocupación hizo que Sam se pusiera tensa. No estaba por la labor de otra ronda de gente intentando consolarla diciendo cosas buenas de Jason. Desde que descubrió que le ponía los cuernos y decidió callárselo, sentía que estaba viviendo una mentira. La gente seguía ofreciéndole sus condolencias y elogiando las virtudes de

Jason y lo único que ella quería hacer era ponerlo verde por ser un cabrón infiel y mentiroso.

Pero revelar la verdad heriría a los padres de Jason y no podía hacerles eso. Siempre la habían tratado como una más de la familia y habían querido a su único hijo. Nunca haría nada que les empañase su recuerdo.

—Bien —contestó Sam—. ¿Cómo está Miranda? —preguntó para cambiar de tema.

—No me hagas hablar de mi hermana. Ha decidido mudarse a Los Ángeles porque su novio, con el que lleva dos semanas, ojo, ha conseguido un trabajo allí. A veces es una auténtica... —Nina le apretó la mano más fuerte de repente y Sam se dio cuenta de que estaba mirando algo que había detrás de ella. Se giró y vio a Jim subiéndose en el camión.

—Mmm... Me pregunto si recogerán libros.

—Puedes preguntar. —Sam se rio mientras le enseñaba a su amiga el recibo de la donación con el nombre de la organización y toda la información—. Aunque quizá a Andrew no le haga mucha gracia.

—¡Bah! A veces me pregunto si de verdad le importo. Apenas me llama cuando está fuera de la ciudad.

Lo primero que se le vino a Sam a la cabeza fue que estaba casado y se reprendió a sí misma por sacar conclusiones precipitadas. Que Jason fuera un infiel no significaba que todos fueran iguales. Además, conociendo a Nina, estaba segura de que había investigado a su novio a fondo después de su primera cita. Se habría enterado si estuviera casado o si hubiera fotos de él con otra mujer.

—Seguramente esté ocupado —dijo Sam finalmente.

Andrew se merecía el beneficio de la duda. Nina no se merecía que le rompiesen el corazón otra vez.

El camión arrancó y los dos hombres se despidieron con la mano al pasar por su lado. Nina jadeó.

—¡Menudos hoyuelos!

Sam puso los ojos en blanco.

—¿No dejaste a un contable el año pasado porque tenía hoyuelos?

—Pero porque a él no le quedaban bien, no como a ese monumento. Dios. —Nina se abanicó con la mano—. No me puedo creer que un hombre con hoyuelos sea tan sexy.

Eran hombres guapos, pero nada que ver con Luke. Tenían un aspecto juvenil mientras que Luke parecía todo un hombre, eran delgados mientras Luke era todo músculo… Gimió internamente. Tenía que dejar de pensar en él. No estaba en condiciones de meterse en una relación y, aunque lo estuviera, Luke no sería el hombre indicado para ella.

Había algo oscuro y taciturno en él. Además de su riqueza, las mujeres lo perseguían, y ella no tenía fuerzas para pasar por eso otra vez. No quería tener que preguntarse si él estaría con otra mujer cada vez que estuviera ocupado trabajando. Y, aunque sabía que Luke no era de los que ponían los cuernos, tampoco tenía relaciones largas. Se cansaría de ella antes de que se diera cuenta y ¿qué sería de ella?

—Venga, vamos a buscarte un vestido —dijo Sam con la esperanza de apartar su mente de los derroteros que estaba tomando. Sabía que su naturaleza confiada era lo que la había metido en esa situación, pero odiaba lo cínica que se estaba volviendo. —Gracias por tu ayuda, Charles —le dijo a su chófer cuando pasaron por su lado.

—No hay de qué, señora —respondió él quitándose la gorra.

Sam abrió la puerta principal de la casa y subió por la escalera de mármol. La casa parecía rodeada de una sensación de vacío, y se dio cuenta de pronto de que ese vacío siempre había estado ahí. Era solo que no había querido reconocerlo.

Incluso con todo dentro, la casa parecía más una maqueta que un hogar. Estaba desprovista de cualquier toque personal y parecía demasiado clínica. Era casi como si no hubieran vivido allí. Se le cerró la garganta al pensar que había tolerado una existencia tan vacía. Peor aún, se había autoconvencido de que era feliz.

—Oye, esto es nuevo —dijo Nina cuando pasaron al lado de un boceto de Central Station—. Espera, ¿también vas a donar los cuadros?

—No, se los he prestado a un museo. —Nunca le pareció justo que ellos pudieran disfrutar de esas obras de arte, así que se las prestó a un museo para que otros también pudieran hacerlo. En el museo estaban tan agradecidos que le habían regalado algunas obras originales de un artista local emergente.

—Qué amable por su parte —dijo Nina—. Estoy segura de que un montón de estudiantes estarán entusiasmados de tener la oportunidad de ver los originales.

—Eso espero. Jason siempre quiso donar los cuadros en algún momento, y entonces oí hablar de la exposición de Picasso. —Le había consultado a la madre de Jason qué hacer con los cuadros antes de que expirase el periodo de préstamo. Como formaba parte de una junta de administradores en un museo, Jessica sabría qué era lo mejor para los cuadros en lugar de verlos solo como una deducción fiscal, al contrario que Jason.

Entraron en su dormitorio y Nina soltó un gritito mientras corría hacia el armario abierto.

—Ese vestido rojo es precioso.

Diez minutos después, Sam miraba cómo Nina daba vueltas frente al espejo para ver si el vestido rojo le hacía el culo gordo. Sam suponía que una de las cosas buenas de su matrimonio era poder prestarle ropa a Nina. Como Jason nunca había querido que ella repitiera vestido, tenía un montón para compartir.

—Jason debía tenerlo todo en orden para que hayas podido poner la casa en venta tan rápido —dijo Nina poniéndose frente al espejo de nuevo y dando palmaditas al vestido.

Aunque era consciente de que había mujeres a las que les habría encantado tener un marido rico y muerto y que nadie quisiera quitarles nada, Sam habría preferido no tener que pasar por eso en absoluto. Habría preferido mil veces tener un matrimonio como el de sus padres, donde ambos se tenían un amor incondicional.

Nina puso cara de aflicción y se giró hacia ella rápidamente.

—Ay, no. Otra vez estoy estropeando las cosas, ¿verdad?

Sam sacudió la cabeza.

—No, tienes razón. Jason fue muy previsor al tener un fideicomiso para que nada fuera en sucesión. —Era lo único bueno que había hecho—. Ni siquiera quiero pensar en lo que habría pasado si no lo hubiera hecho.

Suspiró y miró al suelo.

—Me ponía los cuernos —admitió con voz suave.

No tenía intención de contárselo a Nina, pero no le gustaba mentirle a su mejor amiga. Y, en el fondo, sabía que no eran solo los padres de Jason los que le preocupaban si la verdad salía a la luz. También le preocupaba ella misma.

Sí, la prensa podía hacer de su vida un infierno, pero le preocupaba más lo que sus amigos y su familia pudiesen pensar de ella. Cuando se casó con Jason, mucha gente pensó que se había casado con alguien por encima de su estatus. Si admitía que él la había estado engañando, la gente iba a pensar que era lo que se merecía por anteponer el dinero al amor, sin saber o sin que les importase que ella de verdad había querido a Jason.

—Ay, cariño —dijo Nina, sentándose junto a ella en la cama y abrazándola—. Por eso te has ido de la empresa, ¿verdad? Y por eso vas a vender la casa.

A Sam se le cerró la garganta mientras asentía. Quería cortar por lo sano.

—¡Menudo cabrón! —dijo Nina—. No sé cómo te has aguantado para no rayarle los coches.

Sam se rio y en ese momento agradeció haberle contado a su amiga la verdad. Nina se puso seria.

—Él no te merecía. Lo sabes, ¿no?

—Lo sé, pero es difícil de asimilar a veces. —Cuando volvió a casa después de pasar una semana en el hotel, volvió a mirar el móvil de Jason y se puso enferma al ver con cuántas mujeres había estado. Y lo peor fue que tuvo que ir a hacerse pruebas para comprobar que no tenía ninguna ETS. Aunque por suerte estaba limpia, no podía evitar sentir que Jason no se había preocupado por ella en absoluto.

—No hay que darle vueltas —dijo Nina—. Hay hombres que son infieles independientemente de con quién estén solo porque pueden.

—Es duro no poder hablar con él de ello. Es como si nunca pudiera pasar página. —Por el contrario, tenía un montón preguntas. ¿Estaba planeando divorciarse o había estado satisfecho con verse con esas mujeres a sus espaldas? ¿Había sentido algo por alguna de ellas o solo era infiel para inflar su ego? Aunque las respuestas no importaban a gran escala, quería saberlo.

—A veces, vengarse es mejor que pasar página.

Sam sonrió al recordar la forma en la que Nina se había vengado de un novio al que había pillado engañándola. Contrató a alguien para que fuera al apartamento que compartía con Paul y superase su máxima puntuación en un videojuego mientras él estaba fuera. Después, puso su nombre al lado de la puntuación, cogió sus cosas y se marchó. Más tarde, subalquiló su parte del piso a un compañero de trabajo al que le encantaba hablar largo y tendido sobre cómo los videojuegos violentos eran un peligro para la sociedad.

—Qué pena que ya hayas donado sus coches —continuó Nina—. Hubiera sido divertido destrozar alguno con un bate. —De pronto, chasqueó los dedos—. Eh, ¿y si te acuestas con alguno de la competencia? —preguntó mirándola. Sam enarcó las cejas y Nina dejó caer los hombros—.

Ya, eso pensaba. De todas formas, seguramente sean todos viejos y feos. —Nina levantó la cabeza—. Oye, ¿y si salimos esta noche? Hace siglos que no lo hacemos.

—Porque ya estamos viejas para salir de fiesta —dijo Sam con ironía. Ni siquiera recordaba la última vez que había estado en un club.

—Anda ya, sabes que nunca seremos demasiado viejas para salir de fiesta.

Sam sonrió.

—Gracias por la oferta, pero todavía tengo mucho que hacer aquí. —No quería hacer más viajes de la cuenta hasta la casa si podía evitarlo—. Salgamos la semana que viene, así me cuentas tu cita con Andrew.

La sed de venganza de Nina le recordó a Sam que ella era la víctima. A menudo lo olvidaba y terminaba pensando en todo lo que había hecho mal. Sus padres la habían criado para que se responsabilizase de sus acciones y decisiones, y eso era justamente lo que había estado haciendo. Con creces. Pero Nina le había recordado que Jason no había apreciado su amor y su lealtad en absoluto y haría bien en no olvidarlo.

—Seguramente te llamaré antes, pero vale. Me parece bien. Bueno, en cuanto a ese vestido verde…

# CAPÍTULO ONCE

Luke relajó los hombros cuando dio fin a la reunión entre los gestores de cartera y los analistas. Por suerte, la reunión de ese día había ido mejor que las de las semanas anteriores. El flujo de dinero fresco les había subido la moral a todos.

—Te enviaré el informe sobre las cinco —le dijo Ross.

—Te lo agradezco —contestó Luke levantándose. Echó un vistazo alrededor y vio que la mayoría de la gente ya se había ido de la sala de reuniones. En las cinco semanas tras la partida de Sam, habían conseguido unos cuantos inversores nuevos y se las habían apañado para seguir mitigando el riesgo que había causado el sobreendeudamiento de Jason. La empresa seguía sin estar tan estable como a Luke le gustaría, pero estaba claro que la cosa pintaba mejor. Abrió la puerta de cristal para dejar que Ross saliese primero.

Chris se le acercó cuando estaba a punto de salir.

—No irá en serio lo de darle a Dean el despacho de Sam,

¿no? —le preguntó, y Luke suspiró. En su día, la gente lo había acorralado para pedirle un ascenso o más dinero que gestionar, pero ahora parecía que lo que todo el mundo quería era el despacho de Jason o el de Sam.

—Todavía no he decidido lo que voy a hacer con los despachos de Sam y Jason —respondió. Aunque sabía que no iban a volver, no quería dárselos a nadie. Para él, siempre iban a ser de ellos.

Y, en el fondo, seguía manteniendo la esperanza de que Sam volviera. Entendía sus razones para irse, pero también sabía lo mucho que le encantaba trabajar en la empresa. Tarde o temprano lo iba a echar de menos y quería estar preparado cuando eso ocurriese.

—Quiero el despacho de Sam —anunció Chris mirándolo fijamente—. Sabes que me lo merezco.

—¿Qué tiene de malo el tuyo? —No sabía el tamaño exacto, pero era posible que fuera más grande que el de Sam.

—No tiene vistas a Bryant Park.

Luke sacudió la cabeza, incrédulo. Esa actitud de ir a por todo era un rasgo que compartían todos los gestores y, aunque los hacía eficientes en su trabajo, en ocasiones resultaba insoportable.

—Voy a volver al trabajo y te sugiero que hagas lo mismo.

Sin darle tiempo a responder, Luke salió de la sala de reuniones.

Cuando se sentó en su escritorio un minuto después, se dio cuenta de que Jason hubiera manejado la situación de forma diferente. Habría dicho que no de todos modos, pero de esa forma en la que él lo hacía, consiguiendo que la otra persona terminara con una sonrisa creyendo que había ganado. Luke estaba pensando cómo podría haber gestionado la petición de Chris de forma diferente cuando su teléfono empezó a sonar, interrumpiendo sus cavilaciones.

Miró la pantalla. Sam. Lo cogió rápidamente, intentando ignorar lo acelerado que tenía el pulso. Sabía que algunos de sus empleados todavía le preguntaban cosas de vez en cuando, pero él no había sabido de ella desde que se fue y la echaba de menos.

«¿Estás libre para comer el sábado?».

¿Había cambiado de idea sobre lo de darle una oportunidad? La esperanza bailó en su interior.

«Sí. ¿Va todo bien?».

No iba a precipitarse. Después de pasar semanas sin verla, se había dado cuenta de que la quería en su vida de cualquier forma posible. No iba a arruinarlo presionándola a hacer algo para lo que no estaba lista. Incluso si solo era amistad, se obligaría a aceptarlo.

«Sí, todo va genial. Solo quería saber si estabas libre para comer».

«Sí. Te puedo recoger a las once».

«¡Genial! ¡Nos vemos!».

Sonriendo, dejó el teléfono. Su parte realista sabía que no tenía que hacerse ilusiones. Unas semanas atrás no había estado interesada en tener una relación y era improbable que hubiera cambiado de opinión tan pronto. Pero, al mismo tiempo, no podía evitar desear que lo hubiera hecho y no podía esperar a que llegase el sábado.

* * *

«¿Es inapropiado para salir a comer con un amigo?»

Sam consideró el sexy vestido azul y lo rechazó. Era demasiado corto, definitivamente no era apropiado. Volvió a ponerlo en la percha y se quejó al darse cuenta de que ya había descartado un tercio de sus vestidos. Qué locura. Ya había comido con Luke otras veces. ¿Por qué de repente se sentía tan insegura?

Porque se habían acostado. Y no había dejado de pensar en él.

¿Era un amigo o algo más? Si era completamente sincera consigo misma, Luke le atraía y no le importaría intentar una relación con él. Pero, al mismo tiempo, sabía que no estaba en el mejor estado de ánimo para una relación. Aunque se encontraba mejor, el dolor y la amargura seguían ahí y a veces le jugaban malas pasadas.

Y, por otro lado, estaba el dilema de que le gustaría tener un amigo como Luke. Tras haber estado rodeada de gente que solo la trataba bien porque quería algo de ella, era liberador estar con alguien que no tenía intenciones ocultas y que era amable de forma genuina.

Mierda. Esperaba no haber estropeado las cosas con él. Lo había invitado a comer para tantear dónde estaban e intentar construir la amistad incipiente que había entre ellos.

Porque, independientemente de lo que siempre se había dicho a sí misma sobre él, de verdad que era un buen tío. Nunca lo había visto intentar aprovecharse de la gente que acudía a él para pedir ayuda y realizaba donaciones porque quería hacerlas, no para intentar maximizar sus reducciones de impuestos o elevar su imagen pública.

La estaba frustrando el continuo debate con el armario y sabía que estaba sacando las cosas de quicio, así que cogió el primer par de vaqueros que vio y la blusa que tenía más cerca. Eso era lo que pasaba cuando no trabajaba, se agobiaba por las cosas más tontas.

Unos minutos más tarde, se estaba pintando los labios cuando sonó el timbre. Se esforzó por terminar de pintarse los labios con calma a pesar de que sentía mariposas en el estómago y se miró al espejo una última vez antes de dirigirse hacia el salón.

El corazón le dio un vuelco cuando vio a Luke en la pantallita junto a la puerta. Qué guapo era. El recuerdo del roce de su barba contra su piel hizo que le dieran escalofríos. Se imaginó tocándolo otra vez, pasándole los dedos por el...

«Céntrate, Sam».

Apartando esos pensamientos lujuriosos, abrió la puerta y le sorprendió lo oscuros que eran los ojos de Luke. Se le tensó la garganta.

—Hola. Ehm... Voy a por mi bolso.

—Te he traído unas galletas —dijo él tendiéndole una bolsa. Entonces ella se fijó en que esa bolsa marrón le resultaba familiar. Se había quedado tan embobada con él que no se había fijado en nada más.

—Oh. Gracias. —La bolsa seguía calentita y ella no pudo evitar conmoverse. Él no solo había recordado lo mucho que le gustaban las galletas de Nadine, sino que además había ido expresamente a por ellas.

—Voy a guardarlas.

Soltó la puerta para poner las galletas en la mesita que había junto al sofá. Cuando se volvió, vio que Luke había entrado y estaba mirando el salón. Se imaginaba lo pequeño que debía resultarle. Aunque el apartamento era espacioso y definitivamente grande de acuerdo a los estándares de Nueva York, no tenía nada que ver con el de Luke, cuyo salón era casi más grande que todo el apartamento de Sam.

Podría haberse buscado uno así, pero no había querido gastar más dinero de Jason del necesario, al menos en sí misma. No tenía ningún problema en tirar la casa por la ventana en lo que a su familia se refería. Aunque sabía que nada compensaría la forma en la que prácticamente los había abandonado durante su matrimonio, quería intentarlo.

—Es muy bonito —dijo Luke finalmente.

Su voz era sincera, así que ella miró la habitación que había diseñado y sonrió.

—Gracias. A mí me gusta.

No era ostentoso, pero todo, desde el sofá hasta lea mesa del comedor, tenía su esencia. Hasta había montado la librería ella misma.

—¿Alguna sugerencia sobre dónde comer? —preguntó Luke.

Como él no había puesto mala cara al ver su apartamento ni le había recomendado un diseñador, algo que seguramente Jason hubiese hecho, tuvo un impulso.

—No sé si lo conoces, pero hay un restaurante en el Village que se llama Flanigan's.

—Lo conozco.

—¿En serio? —Era un restaurante famoso por su comida barata. No se imaginaba a Luke comiendo en un sitio así.

Él se encogió de hombros.

—Era uno de los pocos sitios que me podía permitir cuando estaba en la universidad.

—Yo también. Se me había olvidado que fuimos a la misma universidad. —Y que, aparentemente, habían tenido los mismos problemas monetarios. Cogió su abrigo de la percha—. Hace siglos que no voy. Sé que seguramente me estoy imaginando la comida mejor de lo que es, pero aun así me apetece ir.

—Sé a lo que te refieres. Me encantaban sus bocadillos.

—Intenté traerlos a casa una vez —dijo ella cerrando la puerta. Había veces en las que se hartaba de preguntarse si algo era orgánico, criado en granja o de trigo integral. A veces solo quería comer algo delicioso, aunque no fuera saludable—, pero no es lo mismo que recién hechos.

Él rio mientras se dirigían al ascensor.

—Seguro que a Jason le habría encantado eso.

—Lo hice cuando él no estaba —admitió ella—. Me creí muy lista. Como Jason no quería que comiese allí, lo hice mientras él estaba fuera con un cliente.

Luke frunció el ceño.

—¿Te decía dónde comer?

—Sí. No quería que vieran a su mujer comiendo en un antro. —A ella le había enfadado eso, pero había intentado entender su punto de vista. ¿Él trataba con clientes que valían millones de dólares y su mujer comía en un bar? Aunque no había estado completamente de acuerdo con él, al final terminó cediendo. Y, sin que se diera cuenta, su conformidad se extrapoló a otras cosas. Con el tiempo, dejó de ir a cualquier restaurante o lugar que no se ajustase a sus estándares. Y lo mismo le pasó con la ropa y con sus amigos.

—No me sorprende —dijo Luke—. A mí me hizo comprarme ropa nueva para estar presentable cuando nos reuniésemos con potenciales clientes.

Ella enarcó las cejas mientras seguían andando.

—No me imagino a nadie diciéndote lo que tienes que hacer, ni siquiera a Jason.

—En parte, yo lo quería. Quería encajar con los ricos. Tras haber sido pobre durante casi toda mi vida, era como un sueño hecho realidad. Era como si realmente lo hubiera conseguido. —Se encogió de hombros—. Pero enseguida me cansó y doblé la apuesta en cuanto a las inversiones.

—¿Cómo empezaste a interesarte por las inversiones? —preguntó ella cuando llegaron a los ascensores y apretó el botón. Conocía la historia de cómo él y Jason se habían conocido en Brown and Hale y habían creado el fondo, pero apenas sabía nada de la vida de Luke antes de eso.

—De pequeño, siempre oía hablar de la bolsa de valores en las noticias, pero nunca me lo planteé de verdad hasta que, cuando estaba en el último curso de la ESO, un fabricante de comida abrió una fábrica cerca de donde vivía. Se estaban mudando desde un local más pequeño en el otro extremo de la ciudad y me di cuenta de que el negocio debía irles bien para haber conseguido un local más grande. Tenía un poco de dinero ahorrado de haber trabajado en un taller después de clases y compré algunas de las acciones de la empresa. —Sonrió de oreja a oreja mientras entraban en el ascensor—. Entonces era muy simple. No tuve que hacer llamadas ni abrir un informe anual.

Ella se rio.

—Y yo que pensaba que mi hermana y yo éramos emprendedoras para nuestra edad cuando corregíamos trabajos a cambio de dinero para ir a conciertos.

—Y lo erais, no se me ocurren muchos adolescentes que harían eso. —La miró con admiración—. ¿Y tú? ¿Cómo te interesaste por la contabilidad?

—Mi historia no es ni la mitad de interesante que la tuya —dijo ella, y empezó a contarle cómo había ido gravitando hacia ello por el simple hecho de que las matemáticas se le daban bien y, el resto de asignaturas fatal.

La conversación apaciguó el peor de sus miedos. Para ser alguien a quien no le gustaban las conversaciones triviales, Luke estaba charlando cómodamente con ella. Eso debía significar que no la había cagado del todo acostándose con él, ¿no?

* * *

Sam entró en el restaurante conocido y parpadeó al ver los asientos de cuero desvaído y las paredes sospechosamente oscuras. ¿Siempre había sido un lugar tan oscuro?

No, no podía ser. Flanigan's había sido uno de sus lugares favoritos para hacer los deberes cuando estaba en la universidad. No habría ido allí si hubiera estado tan oscuro, por muy buenos que estuvieran sus bocadillos de ternera. ¿Cómo habría podido leer nada?

Quizá todo parecía diferente porque habían ido de día.

Como ella tenía clases y además trabajaba durante el día, siempre había ido por las noches. La diferencia horaria también explicaría por qué no estaba hasta arriba como algunas noches, aunque estaba bastante lleno. Sabía que era inútil, pero buscó con la mirada una mesa vacía, o incluso una silla libre.

—Lo siento —dijo cuando su búsqueda no dio frutos—. No pensaba que fuera a estar tan lleno a esta hora. ¿Quieres que pidamos y comamos fuera?

—Claro.

Mientras se abrían camino entre la gente, Sam no pudo evitar fijarse en las miradas que les dirigían. O, para ser más precisa, que le dirigían a Luke. Tenía que admitir que, aunque no supieras quién era, era una alegría para la vista. Ya llevase un traje o pantalones caqui, había algo en él que era sexy de forma innata. Ni siquiera quería pensar en eso, así que lo ignoró y se puso a la cola.

Suponía que ese era otro ejemplo de las diferencias entre Luke y Jason. Él estaba dispuesto a hacer cola. Jason, por otra parte, normalmente se la saltaba e iba directo al mostrador. En cuanto el jefe de comedor lo veía, le daba una mesa. Sam lo regañaba por no hacer reservas, pero, después de que perdiera un par, lo dejó correr. Sonrió al pensar en lo cutre que le parecería a Jason que la carta estuviera pegada en la pared. Su sonrisa se ensanchó aún más al comprobar que no la habían cambiado.

—¿Qué vas a pedir? —le preguntó Luke inclinándose hacia ella.

—El solomillo —respondió levantando la mirada—. ¿Y tú?

—La costilla.

Mmm. La costilla también estaba muy buena ahí. Luke se rio cuando le vio la cara.

—¿Quieres que compartamos los bocadillos?

—No, gracias. —Ya iba a ser bastante difícil no mancharse comiendo en un banco, no quería ni pensar en lo difícil que sería cortar los bocadillos sin llenarlo todo de salsa. Estaban bien envueltos.

—Una pena, estaba deseando probar el solomillo.

Y ella la costilla.

—Lo más seguro es que nos manchemos de salsa —le advirtió.

—No me importa.

Ella sonrió de oreja a oreja. Jason nunca habría permitido que ni una sola mancha manchase su ropa si podía impedirlo, y ella descubrió que le gustaba la idea de ensuciarse un poco con Luke. En más de un sentido.

—Vale, pero no digas que no te lo advertí.

Cuando al fin les tocó el turno y pidieron, Sam abrió su bolso para coger la cartera.

—Déjame a mí —dijo Luke sacando la suya.

Sam frunció el ceño y le tendió su tarjeta de crédito al cajero.

—Yo te he invitado.

—Es una cosa de tíos. Dame el gusto, anda.

—Anda ya, si hasta he elegido yo el restaurante. —Cuando vio que el cajero no aceptaba su tarjeta, se volvió hacia él y lo miró con ojos implorantes. Tras lo que pareció una eternidad, se movió hacia ella, pero se detuvo a mirar a Luke, que también tenía una tarjeta en la mano. Se quejó por dentro. Si Luke le estaba dedicando esa mirada suya tan dura, no había forma de que el hombre fuese a aceptar su tarjeta. Joder, a ella tampoco le gustaría nada que la estuvieran mirando así.

—¿De verdad vamos a discutir por quién paga un bocadillo de ocho dólares? —preguntó Luke.

Lo absurdo de la pregunta la hizo reír en voz alta, pero rápidamente disimuló la risa con una tos al ver que el cajero la estaba mirando. No. Desde luego que no era el momento de ponerse quisquillosa sobre quién pagaba la comida.

Pero quería sentirse independiente. Tener su propio apartamento y hacer cosas por sí misma durante las últimas semanas le había resultado increíblemente liberador y no quería que terminase, aunque sabía escoger sus batallas.

—Vale. —Volvió a guardar la tarjeta en el bolso—. Gracias.

Luke negó con la cabeza y murmuró algo sobre mujeres locas y ella supuso que tenía razón. No era raro que sus comidas costasen más de mil dólares cuando salían a comer los tres juntos y ahora ella se ponía a discutir por una de dieciséis dólares.

—Hacía mucho que no hacía esto —admitió ella cuando se apartaron a un lado para esperar su pedido.

—¿El qué? ¿Tener una cita?

A ella se le paró el corazón al pensar que eso era una cita de verdad. A menudo se había preguntado qué habría pasado si no hubiera rechazado la oferta de Luke de intentar tener una relación. Vale, no habría durado mucho, pero habría sido emocionante mientras durase. Miró en su dirección y se maldijo a sí misma cuando vio su mirada inquisitiva. Pues claro que no lo había dicho en ese sentido. Se refería a tener una cita en el sentido de hacer cosas con alguien.

—No, salir a comer con un amigo —aclaró ella. Siempre tenían mucho trabajo en la oficina y Jason siempre había tenido la agenda llena—. Ya se me ha olvidado cómo funciona. Nina y yo siempre nos turnamos para pagar y la mayoría de las comidas con Jason se facturaban a la empresa, a menos que fuera una ocasión especial. —Sus labios se curvaron—. ¿De verdad son solo ocho dólares?

—Ni idea.

Sam se rio.

—¿Cuándo fue la última vez que miraste los precios en una carta?

—La semana pasada.

Ella enarcó las cejas y él se encogió de hombros.

—Adam estaba tardando mucho en decidirse y pensé que sería de mala educación ponerme a mirar el móvil.

Nunca lo había visto usar el móvil cuando habían salido a comer y de repente se dio cuenta de lo raro que era eso. Él siempre estaba al tanto de todo en lo referido a los negocios y sería lógico que alguien así estuviera pegado al teléfono cuando no estaba en la oficina, pero para nada. Siempre le dedicaba toda su atención a la gente.

—Yo hace mucho que no miro los precios de una carta —admitió ella. Era una locura.

De niña, siempre había tenido que mirar los precios para asegurarse de que se podía permitir lo que quería. Hubo ocasiones en las que incluso no había podido ir a ciertos restaurantes porque no se lo podía permitir. Ahora podía ir a donde quisiera en cualquier momento.

No tenía sentido. Ella prácticamente respiraba finanzas y buscaba incluso las más mínimas discrepancias casi al céntimo, ¿y no podía molestarse en mirar el precio de su comida?

—No siempre es por el precio —señaló Luke—. Dudo que fueras a dejar de comprar el chocolate de Gerard si aumentasen los precios por diez.

—¿Cómo sabes que me gusta el de Gerard? —También sabía que le gustaban las galletas de Nadine.

—Se te olvida que hemos trabajado juntos. A veces, pasaba al lado de tu despacho y te veía comiendo chocolate de una caja plateada que me resultaba familiar.

—Me gusta recompensarme con chocolate.

Él irguió sus cejas oscuras.

—¿A las ocho de la mañana?

Ella se encogió de hombros.

—Es una recompensa por madrugar. —Él se rio y ella continuó—. No sabes lo que es tener que desplazarte hasta allí. A veces, me daban ganas de decirle a Charles que diera la vuelta. —Ni siquiera ser una mimada y tener un chófer personal cambiaba la frustración de estar en un atasco.

Él le dedicó una sonrisa cómplice y ella le dio un golpecito con el hombro.

—Tú espera. Un día serás tú el que viva en las afueras y entenderás lo que se siente. —La idea de que Luke se asentara con otra mujer hizo que se le revolviera el estómago, pero no quiso analizar muy a fondo ese sentimiento.

Luke sonrió justo a la vez que los llamaron para recoger la comida.

—No creo que tengamos que preocuparnos por eso a menos que por fin decidas casarte conmigo y acabar con mi sufrimiento.

Ella rio y lo siguió hasta el mostrador. No sabía que pudiera ser tan bromista.

Una vez que tuvieron su comida y sus bebidas, salieron y encontraron un banco libre en un parque cercano. Como si poner un poco de distancia fuera a ayudarla a combatir la atracción, colocó la bolsa entre ambos. Él la imitó y puso las botellas de agua ahí también. Ella supuso que, aunque los dos querían comer la comida del restaurante, no estaban dispuestos a comprobar si la fuente de agua estaba limpia.

Abrió la bolsa y el olor familiar de los bocadillos la atrajo. Por fin iba a descubrir si había estado imaginando que el bocadillo era mejor de lo que era. Los abrió y los cortó por la mitad con cuidado, intentando que no se escurriera mucho la salsa. Envolvió uno en una servilleta y se lo tendió a Luke.

—Buena suerte.

Menos mal que él no llevaba uno de sus trajes, o se habría sentido fatal si se hubiera manchado. Envolvió la mitad que quedaba en otra servilleta, le dio un mordisco y soltó un gemido. Se le había olvidado lo buena que estaba la salsa barbacoa de allí. Puede que el bocadillo no fuese orgánico, de granja ni de trigo integral, pero cómo lo había echado de menos. Le dio otro mordisco, y después otro.

Tras un rato, se dio cuenta de que no había oído a Luke. Se limpió la boca, se giró hacia él y vio que la estaba mirando con una expresión rarísima. Se le cerró la garganta. Dudaba que las mujeres glamurosas con las que salía lo llevasen a bares cutres a comer bocadillos pringosos. Aunque sabía que le estaba dando demasiadas vueltas, no pudo evitar sentirse insegura. Estaba a punto de preguntarle por qué no estaba comiendo cuando él se movió para limpiarle la comisura de la boca con el dedo. A ella se le aceleró el pulso y lo interrumpió para limpiarse con una servilleta.

—No estás comiendo —murmuró.

Parecía que él iba a decir algo, pero negó con la cabeza.

—Estaba pensando en una cosa.

Levantó el bocadillo y un poco de salsa cayó sobre sus pantalones caquis. Ella se sonrojó y dejó su bocadillo.

—Lo siento, tendría que haberlo envuelto mejor. —Abrió su bolso, sacó una toallita y se acercó a él. Estiró la tela de sus pantalones y limpió la salsa con la toallita. Después, la dobló y le dio unos toquecitos a la zona con la esperanza de quitar la mancha.

Tras unos cuantos golpecitos, él hizo un ruido y le sujetó la mano, haciéndole sentir escalofríos en el brazo.

—Ya lo hago yo, gracias.

Ella se sonrojó cuando se dio cuenta de lo cerca que estaba de su pene.

—Claro, claro —dijo soltando la toallita rápidamente.

Mientras él se afanaba con la mancha, ella le dio un trago a su botella e hizo lo posible por no mirarlo. Tal y como estaba su mente últimamente, estaba segura de que acabaría mirando algo que no era de su incumbencia.

—Ya está —dijo él poco después.

Ella bajó la mirada y suspiró con alivio al ver que la mancha casi había desaparecido.

—Al menos tiene mejor pinta —dijo ella—. Con suerte, Maria no me matará cuando lo vea. —Maria, la cocinera y asistenta de Luke, tenía mano dura.

Él se burló.

—Maria te adora. Si acaso, me echaría la culpa a mí. —Envolvió el bocadillo con otra servilleta y, cuando se lo llevó a la boca, ella no pudo evitar fijarse en lo grandes que eran sus manos.

Se obligó a apartar la mirada y sintió cómo se le secaba la garganta al mirarle los músculos del cuello. ¿Cómo podía parecerle sexy verlo comer? Devolvió su atención a su propio bocadillo y se maldijo a sí misma. Lo había invitado a comer para salvar lo que esperaba que fuera el inicio de una nueva amistad, pero, en lugar de eso, se lo estaba comiendo con los ojos a él como si fuera el postre. No cabía duda, estaba loca de remate.

* * *

—Gracias por la comida —dijo Sam un par de horas después mientras salían del ascensor de su bloque. Luke alzó la mirada de su culo perfecto, vio que ella estaba sacando la llave del bolso y suspiró aliviado. Gracias a Dios, no lo había pillado mirándola. No debería estar mirándole el culo, pero, joder, esos vaqueros le quedaban muy bien.

—No ha sido nada —murmuró él metiéndose las manos en los bolsillos.

Sam rio mientras abría la puerta.

—Tu «nada» es lo más divertido que he hecho en siglos.

Él sonrió e intentó que no se le subiera a la cabeza. Seguramente estaba aburrida de estar en casa casi todo el tiempo.

—Yo también me lo he pasado bien. —Después de comer, habían ido a dar un paseo alrededor de la universidad y se había sentido muy bien. No quería que terminase el día—. Dime si necesitas algo de la oficina para ayudarte con tus inversiones.

Ella le había mencionado que iba a empezar a hacer negocios y se lo había atribuido a él. Él estaba feliz, no solo porque ella estaba haciendo algo que le encantaba, sino también porque tenía una opinión de él lo suficientemente buena como para escuchar sus consejos. Aunque ni se acercaba a lo mucho que él pensaba en ella, ya era algo.

—Te lo agradezco. —Se dio unos suaves golpecitos con las llaves en la mano—. Pues… ¿Ya repetiremos en otra ocasión? —Su sonrisa hacía que a él le bailase el pecho y de repente se dio cuenta de que estaban solos. Él dirigió la mirada hacia sus labios y tuvo que aplacar las ganas de sujetarla entre sus brazos y besarla. Solo tenía que dar un paso adelante y podría volver a probar esos labios que llevaba todo el día mirando.

—Te mandaré un mensaje. —Dio un paso atrás para poner algo de distancia entre ella y sus deseos salvajes. Sin duda haría alguna estupidez si se quedaba con ella un segundo más. Era demasiado atractiva para su propio bien. Él había creído que podía mantener a raya sus sentimientos, pero se había pasado toda la comida buscando signos que indicasen que ella quería más que una amistad. Por desgracia, no había encontrado ninguno. Y, aunque se lo había esperado, le seguía doliendo la decepción.

—Vale.

Él se dio cuenta de que iba a tener que limitar el tiempo que pasaba con ella y le dolió el corazón. No podía aceptar más invitaciones suyas y, desde luego, no debería mandarle mensajes. Si lo hacía, no la iba a olvidar nunca.

—Debería irme ya —dijo él inclinando la cabeza hacia el pasillo—. Todavía tengo que ponerme al día con el trabajo. Me ha gustado mucho volver a verte.

—Sí, a mí también.

Él sonrió tristemente y se fue.

* * *

«Hola, ¿quieres salir el sábado?»-

A Luke se le tensó el pecho cuando vio el mensaje de Sam. Habían pasado casi dos semanas desde que salieron a comer juntos y, aunque le encantaba el hecho de que ella lo hubiera disfrutado tanto como para repetir, él no podía volver a pasar por eso. Siempre iba a querer más de lo que ella podía darle y eso no era justo para ninguno de los dos.

Y, aun así, dudaba si rechazarla.

Un año antes, habría estado dando saltos ante la oportunidad de pasar más tiempo con ella y no le habría importado que ella estuviera casada y solo pudiera aspirar a su amistad. Se habría conformado con cualquier cosa. Pero, ahora que Jason ya no se interponía entre ambos, ser amigos no era suficiente. Lo quería *todo*.

Y, como ella no podía darle lo que quería, tenía que

dejar de engañarse a sí mismo. Tenía que distanciarse de ella porque nunca la superaría de no hacerlo.

La decepción se instaló en su estómago, pero sabía que estaba haciendo lo correcto. Nunca la había superado cuando estaba casada con Jason y, ahora que estaba soltera, sabía que era del todo imposible.

«Lo siento, Sam. Estoy ocupado».

Sin importar cuánto le doliera, no le iba a imponer sus sentimientos. ¿Para qué? Ella ya sabía lo que él sentía y no estaba interesada.

Cuando quedó claro que no iba a dar más explicaciones, llegó su respuesta.

«No te preocupes. ¡Que tengas un buen fin de semana!».

Sí, ya. Como si pudiera tener un buen fin de semana sin ella. Ya había doblado su carga de trabajo para dejar de pensar en ella, pero no había funcionado. Seguía haciéndolo constantemente.

Soltó el teléfono y se pasó la mano por la cara mientras lo miraba. Odiaba la idea de haberla hecho sentir mal con su rechazo, pero distanciarse era su única esperanza para olvidarla.

# CAPÍTULO DOCE

Un mes después, Luke se dirigía hacia su despacho cuando Hank se le unió.

—Peter está trabajando en Blue Asset Management —le dijo el director de operaciones mientras le tendía un impreso.

—Bien por él —contestó Luke de forma instintiva sin detenerse. A Peter no le había gustado nada que hubiera elegido a George para dirigir el fondo de Jason en lugar de a él, pero George era la mejor opción. No solo era mejor analista, también trabajaba mejor en equipo. No tenía miedo de compartir sus conocimientos y siempre estaba dispuesto a escuchar cuando alguien discrepaba con él. Peter, por otro lado, era totalmente individualista. Siempre se guardaba las cosas para él y, si alguien tenía una opinión distinta a la suya, no le daba ni la hora, especialmente si formaba parte del personal subalterno.

—No, bien no —dijo Hank señalando el papel que le acababa de dar—. Lee el artículo.

Con un suspiro, Luke miró el artículo. «Alto ejecutivo de Harkin se une a Blue Asset Manegement».

Mierda.

Intentó pensar en los clientes de los que se había encargado Peter y volvió a soltar un improperio cuando se dio cuenta de lo grandes que eran algunas de esas cuentas. Eso no era lo que necesitaba ahora mismo.

—Al menos sabemos que nos hemos librado de cometer un error enorme al ascender a George —dijo intentando quitarle hierro a la situación—. Peter ni siquiera ha tenido los cojones de abrir su propio fondo.

Hank no sonreía.

—Sigue leyendo.

Luke lo hizo y sintió una corazonada cuando vio el nombre de Sam. El artículo insinuaba que ella se había marchado porque no estaba de acuerdo con la dirección en la que él estaba encaminando a la empresa. Junto con la marcha de Peter, el artículo lo pintaba como si la gente estuviera abandonando el barco.

Mierda.

Tendría que haber sabido que era demasiado pronto para comprarle su parte. Miró a Hank.

—¿Cuál es tu plan?

—Ah, ahora quieres escucharme.

Luke suspiró. Hank seguía enfadado con él por no haber accedido a reunirse con los clientes antes, a pesar de que Luke se había tomado grandes molestias para remediarlo.

—¿Me vas a recordar esto siempre?

Hank sonrió.

—Sí, casi nunca te equivocas, así que voy a disfrutarlo mientras pueda.

Luke sacudió la cabeza.

—Pero tienes un plan, ¿no? —Hank siempre tenía un plan.

—Sí, pero no te va a gustar —le advirtió Hank mientras entraban en un pasillo vacío—. Lo mejor sería que Sam y tú fueseis juntos a alguna fiesta o gala para que todo el mundo viera que no estáis enemistados.

A Luke le dio un vuelco el corazón ante la perspectiva de volver a ver a Sam. No la había llamado ni le había mandado un mensaje desde la última vez que ella lo invitó a comer, pero había pensado en ella constantemente. No dejaba de preguntarse dónde estaría, qué estaría haciendo y con quién...

—Ya sabes cómo es la prensa —continuó Hank—. Si no ven a ciertas personas juntas en un tiempo, empiezan a insinuar que hay discusiones o rencillas. —Luke no se molestó en mencionar que ya habían salido juntos en público: la prensa no los había visto—. Mira, ya sé lo mucho que odias estas cosas, pero es mucho mejor esto que pedirle a Sam que haga un comunicado o algo así.

Luke asintió.

—Veré qué puedo hacer. Pronto se celebrará la gala de Children's Society. Le preguntaré si ya tiene alguien con quien ir.

—¿Y ya está? ¿En serio? —preguntó Hank, incrédulo—. ¿No me vas a decir que las galas son una pérdida de tiempo y que preferirías nadar entre tiburones a que te entrevisten un montón de reporteros inútiles?

A Luke le temblaron los labios. Aunque odiaba esas cosas, soportaría eso y mucho más solo por tener una excusa para volver a ver a Sam. Hacía semanas que no la veía y, sinceramente, la echaba tanto de menos que le dolía.

—No, no voy a discutir contigo —murmuró Luke—. Es un buen plan. Además, ya sé lo que pasa cuando no te hago caso. ¿Cómo están Barbara y los niños, por cierto?

Hank se quedó congelado y Luke supo que lo había pillado con la guardia baja. Desde que se había dado cuenta de que los empleados no estaban cómodos con él, Luke había estado esforzándose por hablarles más, pero suponía que sus esfuerzos no eran suficientes si la gente se seguía sorprendiendo cuando les preguntaba por ellos y sus familias.

—Están bien —dijo Hank tras un momento—. A Barbara y a mí nos preocupaba cómo se tomaría Nathan que hubiera otro niño en la familia, pero ya se está comportando como todo un hermano mayor. Ayer me dijo que tenía que cambiarle el pañal a su hermano porque olía mal.

Luke se rio recordando cuando tenía que cambiarle los pañales a su hermana y agradeció que Anna hubiera crecido rápido.

—¿Qué edad tiene Nathan?

—Cumple tres años el mes que viene —dijo Hank, y Luke se sorprendió. Eso significaba que Nathan había nacido cuando Hank ya estaba trabajando en la empresa y, aun así, Luke se había enterado recientemente de su existencia.

Aunque Sam le había dicho que Hank no era de los que metían a sus hijos en todas las conversaciones, tener un niño era algo que debería haber salido a colación al menos una vez durante los siete años que llevaban trabajando juntos, y no pudo evitar preguntarse cuántas cosas más desconocía.

Hank sacudió la cabeza.

—A veces es difícil creer lo rápido que pasa el tiempo.

—Pronto será un rompecorazones.

—No quiero ni pensar en cuando llegue a primaria.

Aunque Luke no tenía ni idea de niños, era bonito ver a un padre disfrutar de la paternidad.

Le hizo un gesto a Hank.

—Gracias por avisarme sobre el artículo. Voy a llamar a Sam.

Se alejó muy emocionado y cogió su móvil. Hacía semanas que no escuchaba la voz de Sam y estaba famélico. Estaba enganchado a ella como un yonqui y se dio cuenta de que había sido inútil intentar distanciarse de ella. Solo había servido para echarla más de menos.

El teléfono sonó en su oreja y él sonrió. En poco más de una semana, volvería a tener a Sam en sus brazos.

* * *

—Deberías haberme dejado pagar esto, Sam. Ya me estás regalando una cena y un espectáculo.

Las palabras de su hermana se le clavaron. El hecho de que Cindy pensase que ir juntas a un espectáculo era un regalo era prueba de lo mucho que Sam había permitido que se distanciasen durante los últimos años. Lo peor era que su madre le había pedido que le echase un ojo a Cindy cuando se mudó a la ciudad y, en lugar de eso, Sam prácticamente la había dejado a su suerte. Aunque Cindy tenía la cabeza bien amueblada, Sam debería haber hecho el esfuerzo de quedar con su hermana de vez en cuando, pero había estado tan inmersa en el mundo de Jason que había dejado de lado lo de ser la hermana mayor. Y mucho, además.

—No es nada —murmuró Sam firmando en la tableta.

—Pero yo quiero pagar alguna vez. Siempre estás haciéndome favores y comprándome cosas.

Sam se rio mientras cogía sus *lattes* y buscaba una mesa libre en la cafetería abarrotada.

—Sabes que eso no es verdad —dijo, y suspiró aliviada cuando vio una mesa libre al fondo.

—Sí lo es —discutió su hermana siguiéndola—. Tú me pagaste el máster.

—Solo lo que quedaba después de las becas —dijo Sam colocando cuidadosamente los dos *lattes* sobre la mesa. Se sentó mientras Cindy colocaba los pasteles.

—Me regalaste la cafetera de mis sueños e incluso nos pagaste un crucero de lujo a mí y a Hailey.

—Eso fue tu regalo de graduación, la cual me perdí, por cierto. —Había acompañado a Jason a un desayuno de trabajo que duró más de lo esperado. No debería haber ido sabiendo el poco margen de tiempo que tenía, pero Jason le había asegurado que no se perdería la graduación.

Cindy la ignoró.

—¿Qué le ibas a hacer? Estabas ocupada. Además, viniste a la cena de celebración, que es lo importante.

Las palabras de su hermana aumentaron su culpa.

Había sido una hermana tan ausente que, para cuando se graduó, Cindy ya había aprendido a no esperar nada de ella. ¿Cómo iba a ser la cena la parte importante de una graduación?

Recordó que, cuando se mudó para ir a la universidad, hablaban a todas horas. Habían estado muy unidas y ahora tenía suerte si hablaban una vez a la semana.

Sam se inclinó hacia su hermana.

—El caso es que sé que he sido una hermana de mierda durante estos últimos años y te quiero compensar por ello.

Ahora que tenía una visión más clara de su vida, se daba cuenta de cómo había dejado que su relación con Jason eclipsase sus responsabilidades para con sus amigos y familia, cómo se había dejado absorber por su mundo, y no estaba orgullosa de ello.

Cindy negó con la cabeza.

—Eres demasiado dura contigo misma. Siempre estuviste ahí cuando fue necesario.

Sam no estaba tan segura, pero, a partir de ese momento, iba a ser una hermana mejor y no solo cuando le conviniese a ella.

—Espera. ¿De eso va todo esto? ¿De compensármelo?

—También quería ver el musical —mintió Sam, y Cindy se rio.

—Me tenía que haber imaginado que algo pasaba cuando me invitaste. Sé lo mucho que odias los musicales, pero no lo pude evitar. Hace siglos que quería verlo y las entradas son carísimas.

Sam supuso que esa era otra ventaja de su matrimonio: podía comprar entradas caras de Broadway y sobornar a su hermana para que pasase tiempo con ella. Sam le dio un sorbo a su *latte* y suspiró. Estaba muy bueno.

—¿Cómo has dicho que se llama esta cafetería?

—Deux Pains —respondió Cindy—. ¿Por qué?

Sam sacudió la cabeza mientras sacaba su teléfono rápidamente y escribía una nota.

—Me estaba preguntando si es una empresa pública o no. —Se encogió de hombros y metió el móvil en su bolso —. No solo está tan llena por la ubicación —dijo, mirando las mesas y observando la ecléctica clientela. Había desde estudiantes a empresarios—. El café es muy bueno, y me imagino que la comida también. —Ese tipo de empresas eran las que tenían potencial para crecer.

—No puedes parar, ¿verdad? —le dijo Cindy riendo—. Hasta comiendo trabajas.

—Lo siento. He empezado a invertir un poco. —Recordó que su hermana había coincidido con Luke unas cuantas veces y de pronto se preguntó qué pensaría de él, pero desechó el pensamiento rápidamente. No importaba lo que Cindy pensase de Luke porque no estaba saliendo con él.

—¡Qué bien! ¿Puedo empezar a hablarle de ti a la gente?

—Perdona, ¿qué?

—Sobre las inversiones —aclaró Cindy—. La gente, como los Jackson, ya sabes, siempre me están preguntando sobre invertir en Harkin, pero yo les digo que está cerrado a nuevos clientes porque sé que no cumplen los requisitos para el fondo de inversión.

La consideración de su hermana hizo sonreír a Sam. Les había estado diciendo la verdad, pero sin herir los sentimientos de nadie. La Comisión de Bolsa y Valores tenía reglas estrictas sobre quién podía invertir en fondos de inversión y tenían en cuenta el poder adquisitivo y los salarios. Querían asegurarse de que los inversores conocieran los riesgos y pudieran asumirlos. Y, aunque Sam sabía que los vecinos de sus padres estaban dispuestos a invertir, dudaba mucho que la pareja de jubilados fuera a cumplir los requisitos de la Comisión de Bolsa y Valores.

—También me piden consejos sobre acciones y no tengo ni idea. —Cindy se encogió de hombros e hizo un gesto hacia ella—. Estaría genial poder recomendarte.

—No puedo. Es decir, no hace ni un mes que he empezado. —Incluso Luke y Jason habían invertido su propio dinero durante un par de años antes de empezar a gestionar el de otros.

Pero la idea le interesaba de verdad. Le encantaba pensar en ayudar a una familia trabajadora a aumentar sus ahorros en lugar de ayudar a la clientela rica de los fondos de inversión a enriquecerse aún más.

—¿Pero no era eso lo que hacías en Harkin?

—Investigaba empresas, pero nunca me ocupé de la compraventa.

—Supongo que eso debería ser la parte fácil.

—Lo pensaré —dijo ella. Una cosa era invertir su propio dinero para ver si podía conseguir unos beneficios decentes y otra muy distinta gestionar los ahorros de otra persona. Si se decidía a hacerlo, iba a tener que ser mucho más conservadora que consigo misma. Aunque en su cartera de valores abundaban las empresas estables, también tenía algunos comodines que tenían muchas potenciales ventajas e inconvenientes.

Tendría que ver cómo les iba a sus inversiones y asegurarse de que quería hacer eso de verdad antes de acceder a gestionar dinero ajeno.

—Pero, mientras tanto, diles que inviertan en fondos indexados. —Históricamente hablando, era la mejor opción. Solo los mejores de los mejores podían ganarle al mercado año tras año.

—Lo he hecho, créeme, pero ya sabes cómo es la gente.

Ella asintió.

—Lo sé, la gente siempre quiere el camino rápido… —El tono de llamada de su teléfono la interrumpió y suspiró. Más valía que no fuera otro periodista que había conseguido su teléfono o se iban a arrepentir.

Lo sacó del bolso y le dio un vuelco el corazón al ver el nombre de Luke. Aunque había pensado en él constantemente, no habían vuelto a hablar desde que rechazó su invitación a comer. Lo más raro era que había creído de verdad que él había disfrutado su cita, pero era evidente que se había equivocado.

—¿No vas a cogerlo? —preguntó Cindy.

Sabía que estaba siendo una cobarde, pero odiaba lo mucho que la afectaba. Se suponía que tenía que superar a los hombres y, en lugar de eso, parecía que se había colgado del siguiente que había visto.

—Yo… claro. —Igual había pasado algo en la oficina o había habido un problema con una de las donaciones—. Lo siento —murmuró a su hermana mientras descolgaba el teléfono—. Es Luke.

Cindy la tranquilizó.

—No te preocupes.

Sam sonrió para darle las gracias y respondió al teléfono.

—Hola, Luke.

—Hola, Sam. ¿Tienes acompañante para la gala de Children's Society? —le preguntó sin preámbulos, y ella no pudo evitar sonreír. Así era él, siempre directo al grano, sin perder tiempo en charlas triviales.

—No. —La verdad era que no quería ir. Pero, como uno de los principales motivos era que no quería encontrarse con ninguna mujer con la que Jason la hubiera engañado, se iba a obligar a hacerlo. No es que tuviera intención de confrontar a Carla, simplemente tenía que demostrarse a sí misma que no se estaba escondiendo. Además, sus suegros esperaban que fuera. Iban a rendir una especie de tributo a Jason.

—¿Quieres que vayamos juntos?

A ella se le aceleró el corazón con la idea de volver a ver a Luke, pero frunció el ceño.

—Pero si tú odias esas cosas. —La única razón por la que había asistido a esos eventos anteriormente había sido porque Jason lo obligaba. Ahora que Jason no estaba, ella suponía que habría quemado todos sus esmóquines.

—Y las odio, pero va a haber un tributo a Jason —respondió él.

Pues claro. Menuda tontería pensar que esa invitación tenía algo que ver con ella. Ya le había dejado más que claro que no quería ser su amigo.

Hubo una breve pausa y él añadió:

—Y esperaba poder atajar el rumor de que hay diferencias entre nosotros.

—¿Qué rumor?

—Se comenta que te fuiste porque no estabas de acuerdo con la forma en que dirijo la empresa. Sacaron un artículo en *The Times*.

Se sintió culpable al pensar que no tendrían ese problema si ella se hubiera quedado en Harkin.

—Lo siento, Luke. —No debería haberlo presionado para irse, pero estaba desesperada.

—Disculpe —la interrumpió una voz—, ¿puedo llevarme esta silla?

Sam levantó la mirada y vio a un hombre trajeado que señalaba la silla junto a ella. Cindy dejó el croissant que se estaba comiendo y respondió «sí» al mismo tiempo que Luke preguntaba «¿Quién es ese?».

A Sam la recorrió un escalofrío. ¿Eran cosas suyas o estaba celoso?

Apenas había asimilado ese pensamiento y ya se estaba maldiciendo a sí misma. No podía disfrutar la idea de que él estuviera celoso porque no estaban juntos. ¿Por qué no podía metérselo en la cabeza?

—Es un hombre de otra mesa —respondió ella sin darle importancia—, pero siento mucho todo esto. No debería haber insistido tanto en que me compraras mi parte.

—No pasa nada. Yo habría hecho lo mismo en tu lugar. —El hecho de que estuviera intentando hacerla sentir mejor lo empeoraba, pero suponía que él era así. Había estado demasiado ciega para verlo durante todos esos años—. Mierda. Lo siento, Sam, ¿no es la organización benéfica de Carla? Olvida lo que he dicho, no quiero que te sientas incómoda.

—No te preocupes por eso —lo tranquilizó ella—. Iba a ir de todas formas y preferiría que fuera contigo. —No importaba las veces que se repitiera a sí misma que no pasaba nada porque una de las amantes de Jason fuera a estar en la gala, porque sí pasaba y estaría bien no tener que ir sola.

—Te lo agradezco mucho, Samantha.

—¿Quieres que haga un comunicado?

—No, creo que ir juntos a la gala será suficiente para desmentir cualquier rumor. Un comunicado ya sería excesivo.

Seguramente tuviera razón. Una de las cosas en las que ella se fijaba como analista era en cómo las empresas manejaban ciertas situaciones. Si parecía que estaban intentando compensar algo de más, generalmente era cierto.

—¿Todo bien? —le preguntó Cindy cuando colgó el teléfono un minuto después.

Sam suspiró y guardó el móvil.

—Luke se está enfrentando a las repercusiones de comprarme la parte de la empresa de Jason.

—Vaya mierda.

—Sí. Tiene la esperanza de que, si la prensa nos ve juntos en la gala, todo se arreglará.

Cindy se rio.

—¿Cómo va a ser bueno para él que lo critiques en público?

—Yo no critico.

Su hermana se encogió de hombros.

—Generalmente no, pero con Luke es otra historia. Solo

lo he visto unas pocas veces, pero en casi todas tenías algo malo que decir sobre él o directamente a él.

Sam hizo un gesto de dolor al recordar lo mal que había tratado a Luke todos esos años. Había pensado que era el malo cuando en realidad era de lo mejorcito.

—Cometí un error —admitió—. Es un buen chico.

—Lo dudo, pero lo entiendo. Nunca has sido el tipo de persona que criticaba a los demás hasta que conociste a Luke. Ya era hora de que volvieras a tu ser. Me sorprende que hayas tardado tanto. Venga, termínate el croissant. No quiero que lleguemos tarde al espectáculo.

Sam se comió el croissant y se terminó su bebida con rapidez, pero se empezó a sentir culpable en cuanto salieron de la cafetería. Parecía que con Luke no podía acertar nunca. Primero, al llamarlo mentiroso. Luego, al acostarse con él. Y, por si fuera poco, prácticamente lo había obligado a comprarle su parte de la empresa.

Esperaba de verdad que ir con él a la gala desmintiese los rumores. Se sentía fatal al pensar en todos los problemas que le había ocasionado mientras ella se había ido de rositas. Miró a su hermana y suspiró al ver su mirada de emoción ante la marquesina del teatro. Al menos había hecho una cosa bien.

# CAPÍTULO TRECE

No debería haber invitado a Sam a la gala.

Luke soltó un taco mentalmente al salir del ascensor del bloque de Sam. Tenía que haberle dicho que simplemente diera un comunicado, pero, en su lugar, se había lanzado de lleno ante la oportunidad de pasar tiempo con ella. Parecía que no le importaba que ella no estuviera interesada en él de forma romántica y que se estuviera engañando a sí mismo, esperando cosas que no iban a pasar. La pura verdad era que la había echado de menos.

Y el deseo de volver a verla le estaba haciendo cometer locuras. Normalmente, cuando iba a una gala, se ponía el primer esmoquin que encontraba en el armario, pero con Sam le preocupaba de verdad su apariencia. Quizá porque ella estaba acostumbrada a ir con Jason, que siempre iba de punta en blanco, pero Luke quería estar guapo para ella y se había comprado un esmoquin y zapatos nuevos a pesar de que los que tenía en casa estaban perfectamente.

Negó con la cabeza al pensar en lo tonto que estaba

siendo y llamó a la puerta del apartamento. Era la última vez que hacía algo así. Era demasiado esfuerzo y, ¿para qué? ¿Para impresionar a alguien que ya le había dicho que no quería estar con él?

Estaba como una cabra.

Un momento después, la puerta se abrió y a él se le secó la garganta. Sam llevaba un precioso vestido blanco que le llegaba hasta los pies y que resaltaba sus curvas a la perfección. Anheló volver a tenerla en sus brazos y, de repente, agradeció haber hecho un esfuerzo extra al arreglarse. Se probaría otros cien esmóquines si hacía falta solo para tenerla entre sus brazos cinco minutos. Recordó lo bien que se amoldaban sus cuerpos y gruñó. No estaba seguro de cómo iba a aguantar toda la noche sin intentar hacer algo que no debería.

A Sam se le cortó la respiración al ver cómo Luke contemplaba su vestido. La miraba como si fuera un postre que estaba deseando devorar. Aunque había esperado que le gustase su vestido, nunca pensó que fuera a reaccionar así y se sintió repentinamente agradecida de haberse decantado por el diseñador desconocido. Luke parpadeó y el fuego de su mirada desapareció, reemplazado por una mirada fría e impasible.

—¿Estás lista? —le preguntó.

Ella suspiró. ¿Qué se esperaba? ¿Qué solo con mirarla ya fuera a estrecharla en sus brazos y besarla como hizo dos meses atrás? ¿Que no iba a poder resistirse a llevarla a rastras al dormitorio más cercano? Si no estuviera siendo tan ridícula, se reiría de sí misma. La única razón por la que estaba con ella esa noche era para apaciguar un rumor relativo al negocio, no para tener una cita, así que más le valía recordarlo.

—Sí —murmuró ella intentando no sentirse culpable. No sabía a qué venía esa decepción. Ni que estuviera lista para una relación, de todos modos. Comprarse un vestido para impresionarlo cuando ya tenía más que de sobra había sido una locura.

—Voy a coger mi bolso. —Soltó la puerta y fue a por él —. Bueno… ¿tienes una estrategia para esta noche? —le preguntó mientras caminaba hacia él e intentaba no pensar en lo bien que le quedaba el esmoquin. Le encantaban los hombres con esmoquin y a Luke le sentaba genial. La chaqueta abrazaba sus hombros anchos y no pudo evitar recordar la sensación de recorrer esos músculos con sus manos.

Él alzó sus cejas oscuras.

—¿Estrategia?

Ella se sonrojó como si él pudiera leer sus pensamientos y se obligó a apartar la mirada de sus hombros para mirarlo a los ojos.

—Ya sabes, la gente con la que quieres hablar. —Se encogió de hombros—. La gente a la que quieres evitar…

—No como tal, aunque Hank me dijo que me mostrase más accesible.

Se podía imaginar cómo había ido esa charla. Antes de la muerte de Jason, Luke siempre había hecho lo posible por evitar reunirse con los clientes. No quería quitarse tiempo de hacer trabajo importante para dedicarlo a dar apretones de manos.

—Aunque no es que importe mucho —continuó él mientras se dirigían a la puerta—. En este tipo de eventos la gente siempre me acaba encontrando. ¿Y tú? ¿Hay algún director ejecutivo o de operaciones al que quieras arrinconar?

Ella sonrió, conmovida de que recordase que había empezado a invertir por su cuenta.

—No, esto para mí es estrictamente personal. Los padres de Jason esperan que vaya.

Pero ese iba a ser el último año que lo hiciera. Que no fuera a contarles las aventuras de Jason no significaba que fuera a representar el papel de viuda afligida para siempre. Necesitaba alejarse de todo eso para volver a encontrarse a sí misma.

—¿Has hablado con ellos recientemente? —le preguntó Luke mientras ella cerraba la puerta con llave.

—Jessica me llama una vez a la semana o así. —Era mucho mejor eso que cuando iba a visitarla todos los días. Sam quería a su suegra, pero no quería escuchar más historias sobre su adorado hijo.

Luke suspiró.

—Sé que debería ir a visitarlos, pero he estado ocupado.

Sam lo tranquilizó.

—Seguro que lo entienden. Además, los vas a ver esta noche. Estoy segura de que querrán darte las gracias cuando se enteren de que el ala nueva del hospital va a llevar el hombre de Jason.

—Solo continué con sus donaciones —dijo él, y Sam sonrió.

Ella sabía que había donado mucho más de lo que Jason hubiera hecho normalmente, de lo contrario no le habrían puesto su nombre al ala del hospital, pero, como siempre, Luke estaba siendo modesto.

—Avísame si lo de esta noche te sobrepasa. Puedo fingir que me tengo que ir a trabajar y que tú te has ofrecido a ayudarme.

Ella se rio.

—Recuerdo vagamente que usaste una excusa parecida para irte pronto el año pasado, y posiblemente el anterior también. —Normalmente desaparecía en cuanto terminaba de saludar a la gente.

Luke se encogió de hombros.

—Oye, funciona. Si quieres irte solo dilo, ¿vale?

Su ansiedad de cara a quién se iba a encontrar esa noche se redujo un poco al saber que Luke estaba dispuesto a dejarla tomar las decisiones. Era tranquilizador saber que podía irse en cualquier momento.

—Vale, gracias.

Sam se quedó paralizada en cuanto entraron en la ostentosa sala de baile y vio a todas las mujeres preciosas que había allí. «¿Con cuántas de ellas se habría acostado Jason?».

Se empezó a encontrar mal al recordar todos los nombres y fotos que había visto en su teléfono. No estaba lista para eso. Estaba a punto de retroceder cuando Luke entrelazó el brazo con el suyo y murmuró:

—¿Quieres beber algo?

Su aliento cálido le hizo cosquillas en la piel y sintió escalofríos. Agradeció la oportunidad de centrarse en algo que no fueran sus tormentosos pensamientos.

—Claro. —Una noche. Solo tenía que sobrevivir una noche y no volvería a obligarse a hacer algo así nunca más.

Luke la guio hasta el bar que había al fondo de la sala sin soltarle el brazo. Aunque ella sabía que no era más que un truco de relaciones públicas, sonrió al pensar que no la iba a dejar sola como Jason siempre había hecho en esos eventos. Él generalmente decía que iba a por bebidas, acababa enfrascado en alguna conversación y se olvidaba de ella hasta la hora de la cena.

Algunas personas se pararon para saludarlos a ella y a Luke. Hubo algunas miradas de pena, pero no tantas como se había esperado; la mayoría quería interrogar a Luke sobre Harkin o preguntarle su opinión sobre alguna industria o empresa. Al poco rato, se dio cuenta de que él la agarraba más fuerte cada vez que se les acercaba alguien nuevo. Era como si eso le diera fuerzas, o quizá estuviera intentando recordarse a sí mismo por qué estaba allí cuando le entrasen ganas de darles una mala contestación.

Podía hacerse una idea de la poca paciencia que le debía quedar. Lo había visto en más reuniones con clientes durante sus últimas semanas en Harkin que en todos los años que había trabajado en la empresa. Y, por si eso fuera poco, ahora también tenía que asistir a esos actos y mantener charlas banales.

Era una faceta muy diferente, y no podía evitar admirar todo lo que él estaba haciendo para salvar Harkin. Otros gestores de fondos de inversión habrían recortado en personal sin pensar siquiera en la gente que iba a perder su trabajo, pero Luke ya estaba operando con pérdidas. Dudaba que los gastos de gestión de ese año fueran a cubrir las nóminas y, aun así, él no había despedido a una sola persona.

Sabía que estaba intentando recuperar el negocio que habían perdido y esperaba que tuviera éxito. Nadie que ella conociera se lo merecía más.

Acababan de conseguir sus bebidas cuando una mujer con un revelador vestido negro se chocó con Luke. La rubia le puso las manos en el pecho y Sam se percató de que le metió una servilleta en el bolsillo del esmoquin mientras le daba golpecitos.

—Disculpa —murmuró la mujer mirando a Luke con ojos seductores y tocando su esmoquin. Miró a Sam como si no fuera una amenaza, se volvió hacia Luke y articuló un «llámame» antes de irse moviendo las caderas de forma seductora.

Sam sintió una puñalada de celos. Aunque Luke no llamase a esa mujer, sabía que había un montón de bombones que estaban interesadas en él, y muchas de ellas se encontraban en esa habitación. Se había percatado de cómo lo miraban.

Ni siquiera se habían molestado en disimular su interés, y ella no pudo evitar sentir que era como volver a estar con Jason. La diferencia era que esta vez era perfectamente consciente de lo que ocurría en vez de estar engañándose a sí misma pensando que su marido le era fiel.

—Perdona —dijo Luke.

—No pasa nada —respondió Sam quitándole importancia.

Gracias a Dios que no había accedido a tener una relación con él, porque los celos habrían sido mucho peores. Por mucho que sintiese cosas desde que se acostaron, no tenía ningún derecho sobre él.

Él ya le había dado una oportunidad de probar a tener una relación y ella lo había rechazado, así que no debería estar celosa si decidía quedar con esa mujer más tarde. Se lamentó internamente por ser tan tonta. ¿En qué estaba pensando? No había más que ver a esa mujer. La cuestión no era si él iba a llamarla, sino cuándo.

—¿Quieres ir a ver lo que se va a subastar? —preguntó Luke.

—No hace falta que hagas de canguro. —Estaba segura de que él tenía mejores cosas que hacer que quedarse con ella toda la noche, pero le agradecía el esfuerzo. Lo más seguro era que quisiera protegerla de Carla, pero ella no quería que nadie le tuviera lástima, especialmente él. —Estoy segura de que los periodistas ya te han hecho suficientes fotos fuera —continuó. Ya nadie pensaría que estaban peleados.

—¿Ya estás faltando a tu palabra?

—¿A qué palabra?

—A la de ser mi cita.

Lo inesperado de la pregunta la hizo reír. Hablaba como si estar con ella fuera un privilegio cuando, en realidad, era al revés. Le dolió pensar en lo que había sacrificado cuando se acostó con él. Le habría venido bien tener un amigo así: amable, considerado y que no se andaba con rodeos. Siempre decía las cosas como eran, aunque no fuera lo que quisieras oír.

Era una faena que la hiciera pensar en sexo cada vez que lo miraba.

—Muy bien —dijo ella asintiendo—. Tú ganas. Vamos a ver qué se subasta.

Por suerte, Madeline había convencido a José Patron de que donase esa clase privada de cocina que ella se había estado esforzando en conseguir. Sería un regalo maravilloso para Cindy, ya que le encantaba su programa.

Sam estaba decidida a dejar de obsesionarse con Luke y si invitaría a esa mujer a su casa o no, así que se juró que ganaría la clase de cocina.

* * *

—Samantha.

Sam se tensó al oír esa voz familiar. Era Tom Williams, el marido de Carla. No podía ignorarlo, así que se disculpó con los padres de Jason. En cuanto se giró, se vio envuelta en un gran abrazo. La fuerte colonia de Tom le provocó ganas de estornudar, así que se apartó rápidamente antes de que pudiese ocurrir.

—Hola, Tom.

—Me alegro de verte, Sam —le dijo con una sonrisa—. A Carla y a mí nos preocupaba que no fueras a venir este año.

Sam gimió para sus adentros. Con todas las preocupaciones sobre asistir al evento, ni siquiera había pensado si debería o no decirle la verdad a Tom. Dudaba que él supiera de la aventura de su mujer a juzgar por lo amable que estaba siendo con ella. Pero, al mismo tiempo, tampoco quería ponerle las cosas difíciles a Carla. Aunque era una más de las muchas mujeres con las que Jason le fue infiel, quizá ella estuviera enamorada de él de verdad. Si Tom no se había enterado de la aventura, Sam le daría aún más problemas a Carla además del corazón roto con el que ya estaba lidiando.

Pero ¿y si era una infiel compulsiva como Jason? ¿Y si Tom y Carla tenían un matrimonio abierto?

No sabía por qué estaba siendo tan considerada con Carla cuando ella claramente no había tenido ningún reparo, y de pronto deseó haberse quedado en casa en lugar de intentar demostrarse a sí misma que no iba a esconderse. Ni siquiera le gustaba asistir a esos eventos, pero no quería que la infidelidad de Jason le arrebatase aún más cosas.

—Ya me siento mal por no poder relevar a Jason —dijo ella. De repente, sintió un montón de respeto por Luke por haber tenido el valor de contarle que Jason la engañaba. Ella y Luke no eran amigos cuando se lo contó y, aun así, él se había arriesgado a la cólera de su mejor amigo por ella.

Si le hubiera hecho caso…

—Ah, no te preocupes por eso —dijo Tom—. Después de tantos años organizando este evento funcionamos como una máquina de precisión.

Los ojos de Tom reflejaban empatía y Sam supo que se iba a poner a hablar sobre Jason. Con la esperanza de cortarlo antes de que pudiera mencionarlo, le preguntó a Tom por su tema favorito de todos los tiempos: sus hijos.

* * *

Iba a ir al infierno.

Luke se quejó al obligarse a apartar la mirada del delicioso culo de Sam mientras ella hablaba con uno de los directores de la organización benéfica. Ya era bastante malo que prácticamente se le cayese la baba cuando fue a recogerla, pero no podía dejar de mirarla. Esos preciosos ojos almendrados, esas curvas... Lo único que quería era agarrarle el culo y metérsela bien dentro. Mierda. No es que fuera a ir al infierno, es que estaba seguro de que le tenían un sitio reservado.

—Me encantaría pasarme para charlar más sobre nuestro proyecto.

Luke parpadeó y enfocó la mirada en la joven pelirroja que tenía delante. Le invadió la culpa al darse cuenta de que no había escuchado ni una sola palabra de lo que le había dicho. Lo único que sabía era que pertenecía a alguna organización benéfica que, sin duda, andaba detrás de una donación.

—Estoy hasta arriba de trabajo ahora mismo —admitió él—. ¿Podrías enviarle tu propuesta a mi asistente? —Sheila sabía la clase de organizaciones benéficas en las que estaba interesado y era una experta en hacer criba.

—Eh... Claro. Gracias por su tiempo.

Ella se levantó y se fue y, casi inmediatamente, Adam Campbell ocupó el asiento libre.

—No me puedo creer que te haya pillado. ¿No tienes ninguna «emergencia» de negocios que atender?

Luke sonrió a su amigo. No lo había visto en siglos. Se habían conocido a través de Jason y, sinceramente, Adam era el único amigo de Jason que le caía bien de verdad. Aunque había nacido en una de las familias más adineradas del país, Adam no había usado eso de pretexto para holgazanear. Trabajó mucho durante años y desarrolló un pequeño imperio de propiedades por el sur. A Luke no le extrañaría nada que los beneficios de su empresa sobrepasasen un día a los de la empresa de cosméticos que había fundado su tatarabuelo.

Junto con Jason, los tres solían ir a cenar o a tomar algo, pero Luke había estado tan cargado de trabajo en los últimos meses que no habían podido. Entre la muerte de Jason, el negocio de Cervco, la renuncia de Peter y la marcha de Sam, parecía que Luke estaba librando una batalla tras otra.

—Este año no. —Luke hizo un gesto hacia Sam—. He traído a Sam conmigo.

Dudaba que a ella le fuera a importar irse pronto, pero no quería ser la razón por la que se perdiera ese artículo de la subasta que quería para su hermana. Además, por primera vez, no quería irse de una gala temprano. Como no sabía cuándo la volvería a ver, quería aprovechar al máximo la noche.

—¿Has venido acompañado? —Adam levantó las cejas con interés antes de girarse y ver a Sam—. Ah, tío, qué bien por tu parte. ¿Qué tal está?

—Todo lo bien que cabría esperar —respondió Luke con

el ceño fruncido. ¿Es que la gente pensaba que la había llevado a la gala por caridad?

—Me alegro de verla por ahí. Estaba muy unida a Jason. —Adam sacudió la cabeza y lo señaló—. Y está bien pensado por tu parte: has venido con una mujer guapa y divertida que no va a creer que tenéis nada permanente. Mierda, tendría que haberle pedido que viniera conmigo.

Luke se imaginó a Adam sujetando a Sam como él lo había hecho y apretó el puño. No quería que estuviera en brazos de nadie más, solo en los suyos. Era consciente de que sus sentimientos eran un poco territoriales teniendo en cuenta que ella ya lo había rechazado, pero no podía evitarlo. En su cabeza, era suya.

—Creo que no le gusta mucho venir a estas cosas —dijo él, aunque no estaba seguro. Lo único que sabía es que no quería que Adam le pidiera salir—. Solo ha venido por lo del tributo —continuó, sin sentir un ápice de culpa por usar a Jason como excusa para mantener a Adam a raya.

—Ah, claro, se me había olvidado —suspiró Adam—. Supongo que tendré que encontrar a otra mujer que quiera venir conmigo a estas cosas.

Como si fuera a tener problema para encontrar a alguna. Con su riqueza y su aspecto, Adam no tenía ni que mover un dedo para conseguir una cita. Para cambiar de tema, Luke le preguntó qué tal le iba su proyecto en Texas.

Aunque Sam lo había rechazado a él, no estaba muy seguro de que fuese a rechazar a Adam. Al igual que Jason, Adam era guapo y encantador, y Luke no pensaba correr ese riesgo. Ya había tenido que aguantar verla con Jason todos esos años; verla con Adam lo mataría.

—Va genial, por fin nos han aprobado la zonificación. —Mientras Adam empezaba a hablarle del complejo de apartamentos que estaba construyendo, Luke negó con la cabeza internamente. No podía creerse que le hubiera puesto celoso la idea de Adam pidiéndole salir a Sam cuando sabía que Adam solo buscaba una cita inocente.

Aunque verla esa noche había sido como un bálsamo para su alma, Luke sabía que no podía permitirse repetirlo. Estaba causando estragos en su persona hasta el punto de que no podía ni pensar en condiciones. Lo peor era que, cuanto más tiempo pasase con ella, más posibilidades había de que hiciera alguna estupidez, como agarrarla y besarla de la forma que se había imaginado cientos de veces esa noche. Y, ya que le costaba tanto controlarse cuando la tenía cerca, iba a tener que pasar el síndrome de abstinencia por mucho que le doliese.

# CAPÍTULO CATORCE

—Gracias por llevarme a la gala —dijo Sam más tarde esa misma noche mientras entraban en su apartamento—. Me lo he pasado bien.

Pero Luke no la estaba escuchando. Lo único en lo que podía pensar era en lo guapa que estaba con ese vestido y en las ganas que le habían entrado de darle un puñetazo a los hombres que había pillado mirándola. Deseaba tener el derecho a decir que era suya, pero ella no lo quería de esa forma. Ya hacía semanas que se lo había dejado más que claro.

Pero ni el saber que no lo quería podía evitar que él la desease con cada fibra de su ser. No sabía cuándo volvería a verla y eso lo hizo desesperar: ¿cuánto tiempo pasaría hasta que volvieran a verse? ¿Meses? ¿Años?

La incertidumbre lo empujó a hacer lo que llevaba toda la noche pensando. La besó. Ella jadeó y él aprovechó para intensificar el beso mientras la envolvía en sus brazos. No se atrevía a aflojar el abrazo y arriesgarse a que ella se moviese. Si ese iba a ser su último beso, iba a hacer que durase lo máximo posible.

Lo invadió una sensación de triunfo cuando ella se relajó en sus brazos y le devolvió el beso. Joder, cómo lo había echado de menos: su sabor, su tacto… Pero esas sensaciones le recordaron lo duras que habían sido las cosas en las últimas semanas, lo mucho que él sabía lo que se perdía cada segundo que estaban separados. Fantasear con ella durante todos esos años había sido una cosa, pero ahora que conocía su sabor y lo dulces que sonaban sus gemidos cuando él le mordisqueaba el cuello, no estar con ella era una tortura. Una tortura absoluta. No podía pasar por eso otra vez. No podía tocar el cielo con las manos una noche para que se lo arrebatasen a la mañana siguiente.

Maldiciendo su estupidez, rompió el beso y apoyó su frente en la de Sam. Ya echaba de menos el sabor de sus labios.

—Lo siento, Sam —dijo mientras daba un paso atrás—. No puedo hacer esto. No creo que pudiera soportar que volvieras a rechazarme. —No debería de haber empezado, pero no había podido evitarlo. La había querido durante tanto tiempo que ya era como algo instintivo.

—¿Y si no te rechazo? —murmuró ella tras unos segundos pasándole las manos por el pecho. A él lo invadieron oleadas de placer.

—¿Qué quieres decir? —Aunque su cabeza le estaba diciendo que no sacase conclusiones precipitadas, la esperanza se extendió en su interior como un incendio.

Ella se encogió de hombros sin dejar de tocarle el pecho.

—Tengamos una aventura mientras dure esta atracción que hay entre nosotros.

O sea, mientras ella estuviera dispuesta a verlo, porque él no podía imaginarse un escenario en el que no quisiera estar con ella.

Aunque no le gustaba la idea de no saber nunca cuándo se acabaría todo, sabía que una aventura era lo mejor que podía conseguir ahora mismo. La había deseado durante años, pero para ella todo era nuevo aún. Joder, si hasta hacía unas semanas había estado enamorada de otro hombre.

—Una aventura secreta —continuó ella mirándolo con sus ojos oscuros—. Aunque sé que no estamos haciendo nada malo, no quiero que la gente cambie su concepto de mí.

A él no podía importarle menos lo que la gente pensase sobre ellos, pero accedió porque para ella era importante. Aceptaría cualquier cosa.

—Entonces, ¿estás de acuerdo? —preguntó ella sonriendo. Si él accedía, podría besarla siempre que quisiera.

La cabeza le dio vueltas al pensarlo. Sabía que debería negarse. Sam no era de las que tenían aventuras y había una probabilidad muy alta de que le fuera a romper el corazón más aún, pero se arrepentiría el resto de su vida si la rechazaba. Vale, ahora accedería a tener una aventura, pero ¿y si conseguía que ella se enamorase de él? Nunca lo sabría si no lo intentaba.

Él asintió y la tomó de la cara.

—Sí —dijo antes de besarla, sellando así el trato. Sus lenguas se encontraron mientras ella lo rodeaba con sus brazos. Gimiendo, él recorrió sus curvas con las manos, memorizando cada centímetro mientras dejaba un rastro de besos en su cuello. Ella gimió y el sonido fue directo a su polla.

La levantó en brazos.

—¿El dormitorio?

Ella señaló a sus espaldas y él se movió con rapidez. Encendió las luces antes de tumbarla en la cama y dejar un rastro de besos ardientes por su garganta. Le desabrochó el vestido que llevaba admirando toda la noche y sintió que se le secaba la garganta al ver sus suaves pechos en el sujetador de encaje y sus braguitas de color negro transparente. Por mucho que pensase en ella, no era lo mismo que verla en persona.

Ella aprovechó esa pausa momentánea para agarrarlo del esmoquin. Él también estaba impaciente por desnudarla, así que alargó el brazo hacia el cierre del sujetador. La tela se cayó y la visión de sus pechos desnudos hizo que le diera vueltas la cabeza. Tomó uno entre sus manos y acarició el pezón suavemente con el pulgar. Ella entrecerró los ojos y él se metió la punta endurecida en la boca. Ella jadeo mientras él la recorría con la lengua y le pasó la mano por el pelo. Él sonrió y continuó lamiendo y chupando antes de pasar al otro pecho, disfrutando de la forma en la que se le arqueaba la espalda y se le cortaba la respiración.

Le acarició el abdomen con las manos antes de moverse hacia abajo, salpicándole el estómago de besos hasta llegar a la ropa interior. Él la besó a través de la tela y ella jadeó en respuesta. Él le sonrió antes de quitarle las braguitas y gimió al ver que estaba mojada.

Se quitó rápidamente la camisa y los calzoncillos y volvió a sus brazos. La besó saboreando la sensación de sus manos recorriéndole la espalda con avidez como si no tuviera suficiente. En ese momento, supo que la quería. No había otra forma de explicar cómo se sentía y por qué siempre pensaba en ella. Se apartó de ella para decírselo inmediatamente.

—Samantha, te…

—Tomo la píldora —lo interrumpió ella, y él se maldijo a sí mismo. Habían quedado en tener una aventura sin ataduras, nada de amor. Independientemente de lo que sintiera por ella, tenía que recordarse a sí mismo que ella no lo quería de la misma forma. No aún, al menos.

Gracias a Dios ella lo había parado antes de que su declaración la espantase o le hiciera pensar que decía esas palabras con ligereza. Nunca se perdonaría si lo estropease.

—Yo estoy limpio —dijo él, sorprendido de que ella se fiase. Nunca lo había hecho sin condón porque nunca había confiado tanto en una mujer como para ello. Pero, en el fondo, dudaba que le importase mucho si pasaba algo. La idea de estar unido a Sam para siempre era muy excitante. Nunca tendría que volver a preocuparse de no volver a verla porque serían una familia. Se le tensó el pecho al pensar en una niñita que se pareciese a Sam o en un niñito que tuviera sus ojos. Se dio cuenta de que con Sam lo quería todo. La casa, la familia… todo.

Ella asintió.

—Yo también.

Encantado de que confiase en él, gimió mientras la besaba. Sus lenguas se entrelazaron y él la penetró. Sentirla a su alrededor le provocó unas sensaciones deliciosas. Joder. Cómo lo había echado de menos. Cómo la había echado de menos. Maravillado, comenzó a moverse.

Ella le agarró el culo, incitándolo. No hacía falta que se lo dijeran dos veces. Él le agarró una pierna y empezó a moverse más rápido. Gimiendo, ella lo envolvió con la pierna restante para empujarlo más adentro, y eso lo hizo gruñir. No iba a durar mucho así. Había pasado demasiado tiempo y la deseaba demasiado.

Pero quería que ella lo disfrutase tanto como él, así que empezó a repasar los beneficios por acción de una compañía de petróleo que había estado mirando antes con la esperanza de durar un poco más, pero cuando las paredes vaginales de Sam empezaron a contraerse, no pudo aguantar más. Como sabía que no iba a durar mucho, le tocó el clítoris. Ella gimió y tembló debajo de él y fue la cosa más sexy que él había escuchado jamás. Se clavó dentro de ella y se corrió con un gemido. Una vez vacío, enterró la cara en el pelo de Sam e inhaló su dulce olor a vainilla. Nunca se había corrido tanto en su vida, estaba totalmente agotado. Sonriendo, se desplomó a su lado.

—Ha sido increíble —dijo Sam volviéndose hacia él un minuto después.

Lo invadió un orgullo masculino cuando la miró. Tenía aspecto de que la habían querido bien, con las mejillas sonrojadas y los labios hinchados. ¿Y era él quien había provocado eso? Increíble.

—Me alegro de que lo pienses, porque casi me matas.

Ella se rio y fue como un bálsamo para sus oídos. Él la atrajo hacia sus brazos y sintió una punzada en el pecho. Daría lo que fuera por tenerla así en sus brazos cada noche. No sabía cómo, pero iba a conseguirlo.

# CAPÍTULO QUINCE

El lunes por la mañana, Luke se quedó mirando cómo Sam dormía más tiempo del que debiera. Siempre había intentado que no lo pillasen mirándola, ya que no quería que nadie descubriese sus sentimientos. Pero, ahora que podía mirarla cada vez que quisiera, le costaba parar. Era demasiado preciosa.

Pero tenía que irse ya.

Seguramente ya habría gente buscándolo por la oficina y tenía que ponerse al día con todo el trabajo que debería haber hecho el fin de semana. Con un suspiro, besó delicadamente la frente de Sam y retiró el brazo que tenía debajo de ella con cuidado. Parecía que tenía los pies de plomo. No quería irse. Quería despertarla con un beso y hacer el amor un poco más, pero tenía responsabilidades y una empresa que dirigir.

—¿Luke?

Se giró y vio que Sam se había despertado, pero no del todo. Sus ojos soñolientos indicaban que podía volver a dormirse en cualquier momento. Él se inclinó y la besó porque sabía que no podría volver a hacerlo hasta la noche. Los dulces labios de ella le abrieron paso a su lengua y su sabor le explotó en la boca. Si no se iba ahora, no se iría nunca.

—Tengo que irme a trabajar —dijo él. Ya la estaba echando de menos. Nunca había pasado la noche con una mujer y nunca había sentido la necesidad, pero con Sam se estaba dando cuenta de que quería pasar todo su tiempo con ella. De una noche habían pasado a tres y él veía que podían convertirse en muchas más. Era de locos. Ese fin de semana debía haber aliviado su hambre de ella, pero había sido para peor.

—Oh. —Ella abrió mucho los ojos cuando miró el reloj que había en la mesilla—. Claro —dijo incorporándose, y eso hizo que a él le ardiese la sangre. Si se enderezaba un poco más, la sábana descubriría sus suaves pechos y él llegaría aún más tarde—. Guau, a estas horas ya sueles estar allí —dijo apartándose un mechón de pelo detrás de la oreja.

—Sí, pero normalmente no me sorprenden ninfómanas en mitad de la noche. —Ella se sonrojó y él sonrió. No sabía cómo podía ser tan mona y sexy al mismo tiempo—. Come conmigo hoy —dijo de forma impulsiva. No quería pasar el día entero sin verla.

Ella frunció el ceño.

—¿Me quieres llevar a comer fuera?

Él asintió y ella negó con la cabeza.

—Lo siento, Luke, pero ya tengo planes con mi

hermana. Además, pensé que habíamos acordado que esto iba a ser un secreto.

A él se le cerró el estómago al recordar que lo que tenían era solo una aventura, algo temporal. En algún momento del fin de semana, se había engañado a sí mismo pensado que lo que tenían era algo más que sexo, que era algo real.

—Ya, ya, no sé en qué estaba pensando. —Lo único en lo que podía pensar era en volver a verla, pero quizá fuera bueno que ella se negase. Tampoco es que tuviera tiempo de salir con ella. Ese fin de semana ya le había hecho perder mucho tiempo de trabajo y salir a comer solo lo retrasaría más.

—Que te diviertas con Cindy. Entonces, ¿nos vemos más tarde? —Ella asintió y a él le invadió el alivio, por lo menos no estaba arrepentida—. Le puedo pedir a Maria que haga carne asada.

—Me encanta la carne asada, pero Maria...

—Normalmente se va sobre las tres —dijo él tratando de tranquilizarla. Encontró su camisa en el suelo y la recogió—. Y le daré la mañana libre. —Y cualquier mañana que hiciera falta para que Sam se quedase en su cama al día siguiente. Se acaloró al recordar el pelo oscuro de Sam extendido sobre su almohada y sus suaves labios entreabiertos mientras la penetraba. Sintió cómo la sangre se le iba hacia abajo y rápidamente empezó a pensar en todas las cosas que tenía que hacer al llegar a la oficina. Cuando se controló un poco, continuó—. Creo que podremos hacernos el desayuno nosotros solitos.

—Puedo hacer huevos —dijo Sam con una sonrisa.

Él se ablandó porque sabía lo mucho que ella odiaba

cocinar. Puede que no lo quisiera, pero estaba dispuesta a hacer algo que no le gustaba solo por estar junto a él.

—Me gusta cómo piensas —murmuró él. Se puso la camisa y luego cogió sus pantalones. Volvió a mirar a Sam y se resistió a acercarse a ella. Todavía tenía que irse a su casa y cambiarse. Se puso los pantalones con rapidez—. Te veo esta noche.

* * *

Luke soltó el informe que estaba leyendo y se frotó los ojos. Llevaba veinte minutos leyendo la misma frase. No dejaba de recordar momentos del pasado fin de semana y no se concentraba: lo cómodo que había estado desayunando con Sam en su apartamento el día anterior, lo sexy que estaba ella cuando se corría, lo cálida y seductora que le había parecido cuando la dejó aquella mañana... Sacudió la cabeza y retomó la lectura. Cuanto antes dejase de fantasear, antes llegaría a casa.

La imagen de Sam recibiéndolo desnuda en la cama le cruzó la mente y sonrió. Era algo a lo que podría acostumbrarse, desde luego. Justo estaba pensado en todas las cosas que podrían hacer juntos cuando sonó su interfono y la voz de Sheila flotó en el aire.

—Acaban de llamar de la oficina de Mark Lang. Pueden reunirse contigo a las siete para cenar.

Luke se pasó la mano por la cara y reprimió una palabrota. Llevaba dos meses intentando llamar al director de operaciones de Jellmeck para hablar de sus expansiones y no había habido manera. Hoy era la primera vez que había accedido a hablar con él y dudaba que fuera a darle una oportunidad si declinaba esa invitación.

—Confirma la cena —le dijo a su asistente. Le sentaba fatal tener que cancelar los planes con Sam, pero no le quedaba otra. Jellmeck se estaba convirtiendo en uno de los holdings más grandes de la empresa, pero le preocupaban un poco sus planes de expansión hacia el medio oeste. Había una cadena de tiendas de pintura de Wisconsin que les hacía la competencia y que también se estaba diversificando en Illinois, y Luke tenía serias dudas de que ambas pudieran sobrevivir.

—Claro, jefe.

Sheila desconectó y a él se le hundieron los hombros. Tenía muchísimas ganas de ver a Sam, pero el negocio era lo primero. Mientras sacaba su móvil, se preguntó si aún podría ir a casa de Sam después de la reunión.

Podría estar allí sobre las once. Pero ¿y si la reunión se alargaba? La cena podía terminar a la una perfectamente y no podía pedirle a Sam que lo esperase. Se le cerró el estómago al aceptar que no la vería esa noche. Con un suspiro, cogió su móvil. Mañana, se juró a sí mismo, la vería mañana.

Había perdido la cabeza.

Samantha sujetó más fuerte la cesta de *muffins* que le había pedido a su cocinero. Se había dicho a sí misma que solo era una aventura y aquí estaba prácticamente dando saltos de alegría ante la perspectiva de volver a ver a Luke.

Lo había echado mucho más de menos de lo que debería desde que él había cancelado sus planes el día anterior y se había sorprendido a sí misma contando las horas hasta volver a verlo. Eso no era normal, ¿no? No recordaba sentirse ni actuar así con Jason ni con Ben, su anterior novio.

Sintió mariposas en el estómago cuando vio los números del ascensor cambiar con rapidez. Se había sorprendido al enterarse de que Luke no le había anulado el acceso a su ascensor privado desde que la había registrado tantos años atrás, pero lo agradecía. Le ahorraba la vergüenza de ver al portero cada vez que iba.

Salió del ascensor y entró en el salón de Luke. La mirada de él se cruzó con la suya desde la otra punta de la habitación y a ella le dio un vuelco el corazón. Estaba guapísimo remangado y con los botones superiores de la camisa desabrochados.

A ella le ardieron las mejillas al ver que la miró con deleite antes de levantarse despacio. Fue como si la hubiera tocado con los ojos. Él se enderezó, soltó el informe que estaba leyendo y se dirigió hacia ella. Se encontraron a mitad del camino y, en cuestión de segundos, él la estaba besando de una forma que la hacía desear poder fundirse con él. Podría besarlo el día entero.

Un minuto después, él se apartó y sonrió.

—Llevo todo el día esperando para hacer eso —murmuró mientras le sujetaba la cara con las manos y le acariciaba los labios con el pulgar. Los nervios de ella se disiparon instantáneamente. Gracias a Dios que no era la única que se sentía así.

Ella sonrió y dejó la cesta.

—¿Qué tal el trabajo?

Él gruñó y apoyó la frente en la de Sam.

—Me he pasado todo el día pensando en ti y, cuando por fin te veo, ¿quieres hablar de trabajo? Algo estoy haciendo mal, desde luego.

Sin previo aviso, la levantó en brazos. Riendo, ella se sujetó a él y lo besó de camino al dormitorio.

# CAPÍTULO DIECISÉIS

—No me puedo creer que me vayas a hacer ver una película de chicas —dijo Luke mientras se acomodaban en el sofá de su apartamento un mes después.

—Deja ya de quejarte —dijo Sam dándole un golpecito en el hombro—. Sabes que te encantan. —¿A quién no le iba a gustar una película de dos amigos que se enamoran con un montón de personajes absurdos y aventuras para rematar?

Él le pasó un brazo por los hombros y ella se derritió. Le gustaba estar entre sus brazos y le encantaba que ese sofá se lo permitiera. Era muy distinto del cine privado de Jason, que tenía asientos reclinables descomunales y separaciones grandes entre ellos para los paneles de control y los sujetavasos. Ya costaba darse la mano así, cuanto más acurrucarse.

En el sofá de Luke, podía apoyarse en su hombro o tumbarse con la cabeza sobre su regazo. Y no solo le gustaba el sofá. Se sentía más en casa en el apartamento de Luke de lo que nunca se había sentido en esa casa enorme, aunque sabía que tenía más que ver con la compañía. Había algo en Luke que la hacía sentir bien.

—O a lo mejor lo que me gusta es el sexo mientras la vemos —dijo Luke inclinando la cabeza hacia ella con una mirada intensa.

A ella le ardieron las mejillas al recordar cómo lo había montado en ese mismo sofá la última vez que habían intentado ver una película. Al principio, él solo había trazado círculos sobre su hombro y su muñeca, pero esos toques sutiles habían provocado el caos en su cuerpo. Antes de que se diera cuenta, ya la tenía sobre su regazo y la estaba besando y toqueteando, causándole un placer embriagador.

Y cuando la guio hacia su erección… El recuerdo de lo bien que sentaba tenerlo dentro le provocó escalofríos.

Él sonrió con ojos maliciosos y ella sospechó que estaba recordando lo mismo. ¿Cómo podía seguir teniendo ese efecto sobre ella? Llevaban un mes viéndose y más bien parecía que cada vez se estaba volviendo más adicta a él.

Era consciente de que se estaba comportando como una adolescente que acababa de descubrir el sexo, pero Luke la hacía sentir cosas que nunca había sentido antes. Quizá fuese porque ya se conocían antes de acostarse, o porque era una de las pocas personas que sabían los secretos de su matrimonio y la apoyaban a pesar de todo. Fuera cual fuese la razón, era muy fácil estar con él. La aceptaba como era sin pedir nada más.

Sabía que, en cuanto él la tocase, perdería el hilo de sus pensamientos, así que se apartó.

—Ah, no. Esta vez vamos a terminar la película. —Ya la había visto cientos de veces, pero nunca con él.

—Claro que sí —contestó él atrayéndola a su regazo y capturando sus labios en un beso. Ella sintió el calor en su interior mientras sus lenguas se entrelazaban. Él le metió las manos debajo de la camisa y le acarició el estómago. Cuando llegó a sus pechos, ella ya se había olvidado de la película.

Una hora después, mientras estaban tumbados en la cama, Luke enterró la nariz en el pelo de Samantha, aspiró su olor a vainilla y soltó un suspiro de satisfacción. Como no podía controlarse, empezó a besarla por el cuello y el hombro. Ella gimió y ladeó la cabeza para darle mejor acceso y él sonrió. Le encantaba lo compenetrados que estaban.

Justo había empezado a acariciarle la columna cuando sonó su teléfono. Él lo ignoró porque no quería parar. Con suerte, quien estuviera llamando pillaría el mensaje y volvería a llamar al día siguiente, pero no fue así, y Sam se giró para mirarlo.

—¿No vas a cogerlo?

Podría ser importante, así que se pasó una mano por el pelo y suspiró.

—Sí, claro.

Se apartó de ella e inmediatamente la echó de menos. La próxima vez que ella fuera a su casa, iba a desconectar el teléfono y a apagar el móvil. No quería que nadie interrumpiese su tiempo juntos.

—¿Sí? —respondió. Miró a la cama desde donde lo miraba Sam y ya se arrepintió de haberse levantado. *¿Por qué tenía que ser ella tan responsable?* Solo quería pasar la noche con Sam, a la mierda el trabajo.

—Pillar quiere que le prestemos diez millones —dijo George—. Necesitan un trato esta noche o se irán a McFadden.

La realidad irrumpió en los pensamientos de Luke y se quejó. El trabajo era el trabajo. Si dejaban de hacer tratos solo por la hora que era, nadie pensaría en llamarlos cuando necesitasen una inyección de efectivo rápido.

—Llama al equipo y diles que nos vemos en una hora en la oficina —le dijo a su manager.

Hizo una mueca al colgar el teléfono y se volvió hacia Sam.

—Tengo que ir a la oficina.

—No pasa nada —dijo ella enderezándose. A él se le fueron los ojos a sus pechos firmes y se le secó la garganta —. ¿Te puedo ayudar en algo?

La pregunta lo sacó de sus pensamientos y le decepcionó comprobar lo comprensiva que era siempre cuando pasaba algo así. ¿Por qué le decepcionaba que fuese tan comprensiva? En realidad, no quería que se quejase y le pidiese volver a la cama, ¿no?

Vale, a lo mejor sí. Quería que ofreciese un poco de resistencia para que él al menos supiese que lo que sentía por ella no era unilateral, pero eso no iba a pasar pronto, así que se obligó a dejar de pensarlo y sonrió.

—No, pero gracias. Te agradezco la intención.

Cuando se fue, se recordó a sí mismo que debería

contentarse con tenerla en su vida. Y, con ese último recordatorio, se centró en lo que le esperaba en la oficina.

Dos horas más tarde, Luke miraba sin ver de verdad cómo los analistas discutían los términos de la oferta. Todavía no había superado que Sam nunca se quejase ni pareciese decepcionada siquiera cuando él tenía que irse pronto. ¡De hecho, había sido tan comprensiva que se había ofrecido a ayudarle!

Sabía que su matrimonio con Jason había hecho que se acostumbrase a citas canceladas y celebraciones de cumpleaños tardías, pero no quería que fuera así entre ellos. Ella se merecía mucho más. Se había dicho a sí mismo, que, al contrario que Jason, iba a apreciarla, y eso mismo estaba haciendo.

De repente, Luke se dio cuenta de que la habitación se había quedado en silencio y vio a todo el mundo mirándolo expectante.

—Lo siento, ¿qué?

Clark se inclinó hacia adelante.

—¿Cuántos puestos quieres en el directorio?

Se quebró la cabeza para intentar recordar la conversación previa y respondió:

—Tres. Aunque su modelo de negocio es sólido, sus ventas recientes dejan mucho que desear. Tenemos que estar pendientes de las cosas, especialmente de la comparación entre su nuevo chip y el de la competencia.

No podía recordar ninguno de esos competidores en ese

momento. Joder, teniendo en cuenta dónde tenía la cabeza, no tenía ni que haberse molestado en ir. Incluso en ese momento, lo único en lo que podía pensar era en que no debería haber contestado la llamada y en las ganas que tenía de haberse quedado en casa. A una parte primitiva de él le gustaba la idea de que Sam durmiese en su cama, aunque él no estuviera con ella, pero no habría sido justo pedirle que se quedase cuando ni él sabía si volvería esa noche.

—Ya os lo he dicho —escuchó decir a Mike mientras daba una palmada en la mesa—. Estarían completamente locos si no aceptan el trato.

Luke suspiró internamente y pensó que, si no hubiera ido a la oficina, seguiría en la cama con Sam. Tampoco era que lo necesitasen allí, ¿no? Ya tenían el sistema encaminado, él era un árbitro más que otra cosa. Sin duda, George o uno de los otros gestores podrían apañarse. Era solo que nunca les había dado la oportunidad.

Súbitamente, decidió que en el futuro lo haría. Quizá esas reuniones a altas horas de la noche eran una de las cosas de las que se tenía que alejar ahora que estaba cubriendo algunas de las responsabilidades de Jason. Claro, iría si se lo pedían, pero no automáticamente. Además, él siempre revisaba los tratos grandes antes de aprobarlos. Esa decisión le restó un poco de la carga que llevaba encima desde la muerte de Jason. Confiaba en sus empleados, así que, ¿por qué no había estado dispuesto a pasarles el trabajo? Lo atribuyó a su falta de habilidad para delegar, como siempre. Iba a ser un cambio para él compartir responsabilidades con alguien que no fuera Jason, pero si quería pasar más tiempo con Sam iba a tener que hacer algo. Y quería pasar más tiempo con ella.

# CAPÍTULO DIECISIETE

—Te noto algo diferente —dijo Adam una semana después soltando su bebida y mirando a Luke.

Luke sentía culpable por no haber hecho el esfuerzo de quedar con su amigo desde que empezó a verse con Sam, así que había accedido a comer con él. Normalmente comía en la oficina, pero no había querido recortar el tiempo con Sam. Solo podía verla por las noches y los fines de semana y no iba a desperdiciar una de esas noches con Adam, por muy amigo suyo que fuera.

—Ya sé qué es —dijo Adam chasqueando los dedos—. Estás sonriendo. Es una chica, ¿verdad?

Luke frunció el ceño. Tenía la sensación de que, últimamente, la gente lo miraba raro en la oficina. ¿Era porque sonreía? No se había dado cuenta de que lo hacía, pero probablemente fuera verdad. No recordaba haber sido tan feliz nunca. Todo el tiempo con Sam le parecía poco y, por suerte, parecía que era recíproco.

En ese momento, deseó poder contárselo a Adam. No

solo no le gustaba ocultarle algo tan importante a uno de sus mejores amigos, sino que es que estaba tan feliz que quería contárselo a todo el mundo, pero como Sam no quería que nadie se enterase, se encogió de hombros y cogió su vaso.

—Podría ser un acuerdo comercial en proceso —contestó él antes de darle un trago.

Su amigo se rio.

—Ahora sé que no puede ser eso, porque el otro día hablé con Hank y no paró de quejarse sobre los pagos.

Luke se quedó pasmado. No sabía que Adam y Hank eran amigos.

—Así que una mujer, ¿eh? ¿Por eso has estado tan ocupado últimamente?

—Siento haber estado tan desaparecido —mintió Luke. Preferiría pasar la noche con Sam que con uno de sus amigos, pero dudaba que a él le fuera a gustar escucharlo.

—Sí, seguro. Bueno, ¿cuándo voy a conocer a esa mujer que te tiene loco?

Luke frunció el ceño al darse cuenta de lo mal que quedarían Sam y él cuando hicieran pública su relación. Dudaba que ni siquiera Adam, que sabía de las aventuras de Jason, lo fuera a aceptar. Pensaría que Luke estaba violando el código de los amigos o, peor, que se estaba aprovechando de Sam en un momento vulnerable. Y quizá fuera así.

Aunque se había dicho a sí mismo que la estaba ayudando a olvidarse de Jason la primera vez que fue a buscarlo a su casa, también sabía que le hubiera valido cualquier excusa para estar con ella. Y no podía dejar de hacerlo. Ya se sentía mal cuando pasaban un día sin verse. No sabía cómo se las apañaría si ella algún día lo dejaba.

Pero el hecho de que le hubiera costado tanto darse cuenta de lo mal que quedarían si la gente se enteraba de que estaban juntos era una prueba de lo mucho que Sam le afectaba. Cuando estaban juntos, solo podía pensar en ella.

—Venga —lo presionó Adam—, dime su nombre al menos. Si vais en serio, lo más probable es que la vaya a conocer pronto.

Sintió un peso en el estómago al pensar que quizá nunca pudiera presentar a Sam como su novia y le sorprendió descubrir lo mucho que le gustaría que no fuera así. Aunque sabía que a muchos hombres les encantaría acostarse con una mujer preciosa y sexy sin compromiso, no era su caso, al menos no con Sam. Él quería mucho más que eso. Si pudiera, pasaría el resto de su vida con ella.

—No hay ninguna mujer —contestó él, y fue como si tuviera la boca llena de polvo.

Odiaba mentir a su amigo, pero se lo había prometido a Sam. Se preguntó si algún día ella estaría dispuesta a hacer pública su relación, pero desechó la idea. A ella le preocupaba tanto lo que pensase la gente de ellos y de su relación que hasta fregaban los platos ellos mismos cuando él se quedaba en su casa. Ni siquiera quería que su cocinera se enterase de que se estaba viendo con alguien. Ni en sueños se sentiría cómoda saliendo con él en público.

—¿Entonces el negocio está remontando? —preguntó Adam.

—Podría decirse que sí —aseveró Luke—. Desde luego, se está estabilizando. Hemos recuperado casi un cuarto de lo que habíamos perdido. —Como habían previsto, se trataba mayormente de individuos de alto patrimonio, pero también habían creado un fondo de pensiones.

—Me alegra oírlo. Oye, antes de que se me olvide, ¿podrías darme el número de Sam? Su número viejo está desconectado.

A Luke se le heló la sangre. ¿Es que Adam también estaba detrás de ella? ¿Era posible que también se hubiera enamorado de ella en esos años?

—¿Para qué?

—¿Qué eres, su guardaespaldas? —Adam rio y le dio otro trago a su bebida—. Necesito una acompañante para la boda de Larry Thomas. Ya sabes cómo son las mujeres con las bodas, empiezan a pensar cosas raras y te presionan para que te declares, aunque llevéis poco saliendo. Necesito una acompañante amable y que no se complique con ideas locas para variar.

—Claro, te lo mandaré en un mensaje. —Cuando las ranas criasen pelo. Por muy inocente que pareciera la intención de Adam, a Luke no le gustaba pensar en Sam con otro hombre. Se le retorcieron las entrañas al recordar cómo sus cuerpos se habían fusionado la noche anterior. No quería que nadie más la tocase de ninguna forma excepto él. El hecho de que Sam siempre se hubiera alegrado de ver a Adam cuando este visitaba la oficina reafirmó su decisión. No iba a darle su número.

—¿No lo tienes en el móvil? —preguntó Adam— Pensaba pedírselo hoy, la boda es el sábado que viene.

Luke apretó la mandíbula. Cuando llegó al restaurante estaba hablando por teléfono, así que no podía decir que se lo había dejado en la oficina y después «olvidar» llamar a Adam. A menos que le contase lo suyo con Sam, estaba arrinconado.

Estaba a punto de decirle a Adam que Sam estaba con alguien cuando recordó la vulnerabilidad en sus ojos al pedirle que mantuvieran su aventura en secreto. De no haber aceptado, ella nunca habría accedido a estar con él.

No podía traicionarla, así que se sacó el móvil del bolsillo del abrigo. Buscó su número con dedos rígidos y lo leyó en alto, prácticamente forzándose a hablar. Estuvo muy tentado de darle un número erróneo, pero no quería que su amigo cuestionase sus actos aún más.

—Gracias, tío —dijo Adam dándole una palmada en la espalda. Luke se preguntó si debería advertir a Sam antes de que Luke la llamase.

Pero ¿y si ella quería ir con él?

A Luke se le encogió el estómago. Por mucho que intentase pensar lo contrario, lo que tenían era solo una aventura. Tarde o temprano ella rompería con él y solo le quedarían los recuerdos.

Ojalá no tuviera que preocuparse de que ella estuviese con nadie más. Su fortuna era lo suficientemente grande como para que la considerasen un buen partido, pero no solo tenía más dinero del que iba a necesitar jamás, sino que no le daba importancia a menos que pudiera usarlo para ayudar a otros. Seguramente solo estuviera con él porque era alguien familiar y pensaba que era mejor persona de lo que realmente era. Tarde o temprano, se daría cuenta de su error y todo terminaría. Con un poco de suerte, sería más tarde que temprano, porque él no tenía ni para empezar.

* * *

Sam sonrió al ver las fotos que Cindy le había mandado por correo. Eran de la clase privada de cocina que había ganado en la subasta benéfica y parecía que su hermana se lo había pasado bien.

Sam puso los ojos en blanco cuando Cindy le dijo que José Patron era aún más guapo en persona. Ya lo había mencionado varias veces desde que tuvo la clase. Sam estaba a punto de responder al correo de Cindy cuando sonó el teléfono. Se le encogió el estómago al pensar que sería Luke para decirle que no podían verse esa noche. Aunque pasaban casi todas las noches juntos, a veces él tenía que cancelar el plan porque estaba liado con el trabajo.

Ignorar la llamada no iba a cambiar la realidad, así que cogió el teléfono.

—Hola —respondió intentando que no se le notase mucho la decepción. Aunque odiaba que tuviese que cancelar los planes, tampoco quería hacerlo sentir culpable por ello.

—Hola, Samantha. —La invadieron la sorpresa y el alivio al escuchar la voz de Adam. *Luke iba a poder verla esa noche.*

—Hola, Adam. ¿Qué tal todo?

—Bien, aunque me ha dolido que cambiases de número sin avisarme. Tuve que pedírselo a Luke.

Sam se rio.

—Lo siento, es que los periodistas me perseguían como perros de presa. Tenía que frenarlos.

Sabía que en algún momento se cansarían, pero no había querido esperar.

—Lo sé, era broma. ¿Qué tal te ha ido últimamente?

—Bien, estoy probando a invertir.

—Eso debe ser… interesante.

Ella sonrió. Era consciente de lo aburrido que debía sonar para otras personas pasar día tras día estudiando minuciosamente informes financieros, pero para ella era divertido. Era como intentar encontrar una aguja en un pajar, solo que, en ocasiones, ella encontraba oro.

—Podrías probarlo algún día —sugirió ella. Nunca se había visto invirtiendo hasta que Luke lo mencionó y descubrió que le gustaba mucho. Ahora ya no tenía que convencer a ningún gestor de carteras para comprar o vender una posición porque la que mandaba era ella.

—Sabes tan bien como yo que Luke puede gestionar mi dinero mejor de lo que yo lo haría nunca, así que le dejo las inversiones a él y yo me centro en los edificios. Bueno, te he llamado porque quería preguntarte si te gustaría acompañarme a la boda de Larry Thomas el sábado que viene.

Sam se quedó congelada. ¿No había dicho que fue Luke quien le dio su número?

¿Sabía él que Adam le iba a pedir salir? Seguramente. Sería raro que Adam le pidiese su número sin darle ninguna explicación, así que Luke tenía que saberlo. Sintió un peso en el estómago. ¿De verdad a Luke no le importaba que acompañase a Adam a la boda? Seguro que era algo inocente, pero no pudo evitar que le mosquease que a Luke no pareciera importarle. A ella desde luego le molestaría que Luke acompañase a otra mujer a una boda.

Eso solo demostraba que Luke no iba en serio con ella, porque ni se había inmutado y a ella le dolía, aunque no tuvieran ningún compromiso. Aunque lo suyo fuera solo algo temporal, sería lógico que él no quisiera compartirla con nadie, ¿no? ¡No debería estar dándole su número a otros hombres!

Se reprendió a sí misma por su ingenuidad y contestó:

—Ya tengo planes. —No pensaría en serio que Luke estaba empezando a sentir algo por ella, ¿no? —. Pero gracias por pensar en mí.

Adam soltó un quejido.

—¿Sabes lo difícil que es encontrar una acompañante que no esté loca?

—Estoy segura de que no tendrás problema para hacerlo. —Adam no solo era guapo, también era rico y tenía sentido del humor.

Adam suspiró.

—No sé. A lo mejor voy solo. Desde que nos metieron a Luke y a mí en esa lista de solteros de oro, me resulta cada vez más difícil salir con alguien.

—No esperarás darme pena, ¿no? —Joder, seguro que Jason también había estado celoso de que Adam estuviera en esa lista.

En su día, cuando Jason no paraba de mencionar que Luke estaba en la lista, ella se lo había tomado como que quería hacerlo pasar vergüenza. A Luke nunca le había gustado la atención de los medios y era propio de Jason meterse con él por ello, pero ahora sabía que eso era una pista de que Jason no era feliz en su matrimonio porque, de no haberse casado con ella, también hubiera sido uno de esos «solteros de oro».

Quizá los tres eran más parecidos de lo que ella se había imaginado. Independientemente de lo que dijera, ella sabía que a Adam le gustaban las atenciones de las mujeres, y estaba segura de que a Luke también. ¿Había sido una aberración su matrimonio con Jason?

Él no tardó en aburrirse de ella. ¿Le ocurriría lo mismo a Luke? Quizá por eso no le había importado darle su número a Adam. Se dio cuenta de que esa había sido la verdadera razón por la que había sugerido tener una aventura: si lo que tenía con Luke era temporal, no tendría que preocuparse por otras mujeres.

Pero no había contado con estar enamorándose de él. Hasta las trancas. Si no fuera así, no le dolería tanto que a él no le importase que tuviera citas con otros hombres.

Adam se rio.

—No, supongo que no, pero merecía la pena intentarlo. Avísame si cambias de opinión.

La invadió la decepción cuando colgó el teléfono. Luke le estaba empezando a gustar de verdad y pensaba que era recíproco, pero parecía ser que se había vuelto a equivocar.

* * *

Luke tenía la cabeza hecha un lío cuando fue a casa de Sam esa noche. Llegaba un poco más temprano de lo esperado, pues no se había podido concentrar en la oficina. Solo quería ver a Sam.

Llevaba queriendo llamarla desde que se fue del restaurante, pero no sabía que decirle. «Adam te va a llamar para pedirte salir. Lo rechazarás, ¿no?».

Ni siquiera había contemplado la posibilidad de que ella le dijera que sí. Ojalá tuviera derecho a pedirle que lo rechazase, pero la que tenían no era esa clase de relación. Ella pensaría que estaba exagerando, y con razón. Por mucho que él se engañase a sí mismo pensando que lo que tenían era algo más que una aventura, eso no cambiaba la realidad. Se le comprimió el pecho cuando abrió la puerta y vio a Sam en el sofá, mirándolo por encima de su libro electrónico. ¿Cuántas veces volvería a esa casa antes de que ella se diera cuenta de que merecía algo mejor?

Le preocupaba que eso fuera a ocurrir muy pronto, así que intentó no pensarlo. Se acercó a Sam y la besó. ¿Eran cosas suyas o ella no le estaba devolviendo el beso? Ignoró esa idea y le sonrió mientras se sentaba al su lado y acomodaba las piernas de Sam sobre su regazo.

—¿Qué estás leyendo? —le preguntó. Con ella, nunca sabía qué esperarse. Tanto podía estar leyendo la biografía de un presidente como una novela romántica.

Ella soltó el libro electrónico y se pasó un mechón de pelo detrás de la oreja.

—Adam me ha llamado para preguntarme si quería ir con él a una boda.

Luke sintió un peso en el corazón. ¿Así era como le iba a decir que no iban a poder quedar el fin de semana siguiente? Además de odiar verla con otro hombre, odiaba que eso les fuera a quitar tiempo para estar juntos. Los fines de semana eran el único momento en el que podían pasar tiempo juntos y ahora iba a pasar uno de ellos con otro hombre.

Él apretó los dientes.

—¿Y qué le has contestado?

Por mucho que lo desease, no tenía voz ni voto en esa situación. Si intentaba impedírselo, la perdería, y no iba a arriesgarse a ello.

—Que no.

Él sintió un alivio que nunca hubiera imaginado. Gracias a Dios. Sonrió recostándose en el sofá, con la sensación de que le habían quitado un peso de encima.

—Sé que es un poco cruel por mi parte, pero me alegro de que no vayas a ir con él —dijo mientras le frotaba los pies a Sam.

Ella abrió mucho los ojos.

—Ah, ¿sí?

Él sonrió tímidamente.

—Sí. Llámame cavernícola, pero no me gusta la idea de que estés en brazos de otro hombre.

Ella apartó las piernas.

—Entonces, ¿por qué le diste mi número?

—¿Y qué querías que hiciera? No podía decirle que se buscase a otra cuando nuestra relación es un secreto. —Luke se encogió de hombros e hizo un gesto hacia ella—. Además, no estaba seguro de si a ti te apetecería ir a la boda o ver a Adam.

—Ah.

El parpadeó, sorprendido, cuando lo entendió.

—Espera, espera. ¿Pensabas que *yo quería* que fueras con Adam?

—No sé... Después de todo lo que ocurrió con Jason... —Sam suspiró—. Solo quería que supieras que, cuando quieras que lo dejemos, me lo puedes decir. Sin rencores.

*¿Cómo podía hablar sobre romper con tanta tranquilidad?* ¿Cómo podía comportarse como si no hubiera nada entre ellos? ¿Es que no sentía absolutamente nada por él? Esa idea le puso los pies en la tierra. ¿Estaba perdiendo el tiempo intentando que ella lo quisiera? No. Tenía que sentir algo por él. Un vínculo tan fuerte como el suyo no podía ser unilateral.

—Vale —murmuró él, aunque no le pidió lo mismo a ella. Él era consciente de que la ruptura lo destrozaría, pero, como aún no había ocurrido, intentó no pensar en ello.

Le dolió pensar en todo por lo que ella había pasado. Odiaba que le hubiesen hecho daño y se sintió agradecido de que su historia no fuera a terminar todavía. La besó y sintió sus labios ablandarse bajo los suyos. Eran tan suaves... La sujetó por la cintura estrecha y la colocó sobre su regazo. Aunque no tuvieran las mismas ideas sobre su relación, eran compatibles en la cama.

Él metió las manos por debajo de su camisa y exploró su piel sedosa. Dejó un rastro de besos a lo largo de su garganta antes de detenerse en ese punto que sabía que era su debilidad y succionar. Ella gimió y el sonido tuvo un efecto directo en su miembro.

Ávido de ella, le quitó la camisa y la cabeza le dio vueltas cuando vio sus pechos desnudos. Le encantaba cuando no llevaba sujetador. Sujetó ambos pechos, uno en cada mano, y acarició los pezones con los pulgares. Ella puso cara de placer y se inclinó hacia él, haciéndolo sentir poderoso. Era él quien estaba provocando esa reacción, quien la estaba haciendo sentir así. Él, no Jason ni Adam. Embriagado por esa idea se metió uno de los pezones en la boca.

Como si no tuviera suficiente, ella le pasó sus suaves manos por el pelo y él la sujetó con más fuerza. Le encantaba cuando lo tocaba y odiaba pensar en esas manos tocando a cualquier otra persona.

Ella se quedó sin aliento cuando le mordió el pezón. Él sonrió y lo lamió antes de volver a morderlo, a lo que ella respondió clavándole las uñas en la espalda mientras él repetía la operación con el otro pezón. Sus gemidos llenaban el aire. Él la necesitaba ya, así que se enroscó sus piernas en la cintura y se levantó. Ella lo besó y empezó a desabrocharle la camisa.

Ella le quitó la camisa cuando cayeron en la cama y empezó a recorrerlo con las manos. Él sabía que no iba a durar mucho si seguía así, así que se movió más abajo y le dejó un rastro de besos sobre el abdomen mientras le quitaba los pantalones y la ropa interior. Le dio las gracias al cielo de que ella estuviera mojada. Ya no podía esperar más. Se quitó rápidamente los pantalones y los calzoncillos y se metió en la cama con ella.

La penetró y esa dulce sensación de estrechez lo llevó al cielo. Era una puta maravilla. Empezó a moverse y se perdió en la sensación. Ella gimió profiriendo el sonido más dulce que él había oído jamás.

Ella tenía el pelo extendido sobre la almohada, los ojos brillantes y las mejillas de un delicioso tono sonrojado. La idea de que otro hombre la viera así, o que la hubiera visto en el pasado, lo volvió loco de celos.

—Di mi nombre —pidió él mientras la penetraba y ella gemía con los ojos en blanco. Lo repitió de nuevo—. Di mi nombre, Sam.

—Luke —dijo ella al fin, sin aliento.

Eso lo llenó de satisfacción. Le encantaba escuchar su nombre de esos labios.

—Otra vez —exigió él, embistiéndola.

—Luke.

Él se echó una de las piernas de Sam sobre el hombro y la penetró más profundamente, causándole una sensación vertiginosa. Ella debió sentir lo mismo, porque se quedó sin aliento y le clavó las uñas en la espalda.

—Luke.

Como si le fuera la vida en ello, él aumentó el ritmo. Al poco tiempo, sintió las contracciones de ella a la vez que el aire se llenaba con sus gemidos.

—Luke. Luke.

Con un gruñido, él le enterró la cara en el hombro y se corrió.

* * *

—Vayamos a algún sitio este fin de semana —dijo Luke más tarde, cuando estaban acurrucados—. ¿Qué te parece Martha's Vineyard? Podemos ir en el jet y contratar a un piloto distinto para que nadie se entere.

Sam estuvo a punto de decir que sí, pero frunció el ceño. Estar con Luke era tan sencillo que era consciente de que, si dejaba que las cosas siguiesen así, se enamoraría de él. Por eso le había afectado tanto la llamada de Adam, porque pensaba que lo que Luke y ella tenían era bueno y no estaba lista para que terminase.

—Voy a ayudar a mi hermana con una excursión —decidió de repente. En su último correo, Cindy se había quejado de que muy pocos padres se habían apuntado para supervisar la excursión de ese fin de semana. Sam había pensado ayudarla, pero no había querido restarse tiempo para estar con Luke.

Pero quizá un poco de tiempo separados le vendría bien. Necesitaba aclararse la mente, recordarse a sí misma que la vida era algo más que Luke y que lo que tenían era temporal, una aventura. Y, quizá, recordarse no volver a perderse tanto en alguien como para descuidar a su familia y a sus amigos.

—Te lo iba a decir hace tiempo, pero se me olvidó.

—No pasa nada —contestó él, pero su decepción era casi palpable.

Ella sintió culpa, pero la apartó de un empujón. Tenía que protegerse a sí misma.

Se volvió hacia él con una sonrisa.

—¿Quizá en otra ocasión? —Le encantaba la idea de ir a algún sitio con él. Quizá demasiado. —¿Qué tienes pensado?

Él la abrazó más fuerte.

—Una cabaña para nosotros solos, paseos por la playa y sexo. Mucho, mucho sexo.

—¿Y almejas?

—Te compraré un saco entero.

—Mmm… Me gusta cómo suena eso. —Sonaba a la escapada perfecta. Deseó poder ceder y decirle que sí, pero no se lo podía permitir. Ya se había pillado por él y corría el riesgo de dejarse a sí misma en segundo plano.

Ya podía verse dejándolo todo para estar con él igual que había hecho con Jason, porque quería pasar todo su tiempo con él, pero sus amigos y familia se merecían un mejor trato y no podía dar ese paso con Luke hasta que no organizar mejor sus prioridades.

—Sé qué otra cosa te gusta. —Él se movió sobre ella, haciéndola perder el hilo de sus pensamientos.

# CAPÍTULO DIECIOCHO

—He cogido esta flor para ti. Es amarilla, como tu vestido.

A Sam se le ablandó el corazón al agacharse para aceptar el girasol que le tendía la niña, que era monísima con sus coletas y sus ojos grandes.

—Gracias, es preciosa.

La niña sonrió con timidez y se unió al resto de su grupo en la búsqueda del tesoro. Sam sintió una presión en el pecho al mirar a los niños rodear un árbol y luego dirigirse hacia otro. ¿Tendría hijos algún día?

Siempre había pensado que sí, pero ya no estaba tan segura. Como no quería que ningún hijo suyo se criase en una familia monoparental, tendría que casarse, y no estaba segura de querer volver a pasar por eso.

«Luke sería un buen padre».

Se reprendió a sí misma cuando vio a dónde la llevaban sus pensamientos. Lo que tenían era una aventura. Se decepcionaría mucho si empezaba a pensar en amor y matrimonio. Aunque sabía que Luke le tenía afecto, dudaba que se acercase siquiera al amor y no estaba segura de que fuera a hacerlo algún día. Además, él nunca había sugerido tener una relación más permanente.

—Muchas gracias de nuevo por ayudarme —dijo Cindy acercándose—. Te juro que al menos dos padres y un profesor se apuntaron a la acampada solo por ti.

—¿Por mí? —preguntó Sam, sorprendida.

Cindy sonrió.

—¿No te has dado cuenta de que los hombres se han ofrecido a llevarte la mochila o ayudarte a montar la tienda?

Sam gruñó.

—Pensé que solo estaban intentando que me sintiera integrada, ¿sabes? Como no soy madre ni profesora... —Se sintió muy estúpida.

—Lo siento, Sam, les habría dicho que no estás interesada, pero necesitaba la ayuda. La excursión se habría cancelado si no hubiéramos conseguido voluntarios suficientes, y los niños trabajaron mucho para recaudar fondos. No quería decepcionarlos. Los hombres son unos cerdos, eso sí. ¿Te imaginas tirarle los tejos a una mujer meses después de quedarse viuda? No me puedo creer...

—Estoy viéndome con alguien —admitió Sam antes de que su hermana fuera demasiado lejos. No era la mejor forma de darle la noticia, pero no quería que su hermana pensase cosas que no eran.

—¿Que tú qué?

—Estoy viéndome con alguien. No fue algo planeado, simplemente... —No supo qué decir y se encogió de hombros.

—¿Vais en serio?

—Creo que me estoy enamorando de él —admitió Sam. Pensó que podía mantener a raya sus sentimientos, pero se le estaba dando fatal.

—¿Y él? ¿Siente lo mismo?

Iba a contestar que no, pero recordó lo mucho que había recortado Luke sus horas de trabajo desde que empezaron a salir. Harkin siempre había sido su prioridad y, aun así, estaba dispuesto a tomarse tiempo libre para estar con ella. Y no solo eso, sino que probablemente fuera la relación más larga que él había tenido.

—Sé que siente algo —dijo Sam finalmente—, pero no sé el qué.

—Dios mío… Es Luke, ¿a que sí? —preguntó Cindy agarrándola por la muñeca—. ¡Por eso me hablaste tan bien de él cuando fuimos al musical! —Sam asintió, sorprendida de que lo hubiera adivinado, y ella continuó—. No me lo puedo creer. Es decir, estamos hablando de ti. Tú no eres de las que pasan de un tío a otro. ¿Cómo ocurrió? ¿Cuánto lleváis juntos?

Sam estuvo a punto de admitir todo lo que ocurría con Jason, pero se contuvo. ¿Qué pensaría Cindy de ella? Sus padres siempre les habían enseñado que lo que importaba era el interior y, aun así, Sam se había dejado llevar por Jason y su mundo de ostentación y glamour. Aunque dudaba que su hermana la fuera a juzgar, se sentía avergonzada, especialmente porque no estaba segura de que se hubiera dado cuenta de lo vacía que era su vida de no haber encontrado esos mensajes en el móvil de Jason. Quería pensar que tarde o temprano se habría dado cuenta, pero no estaba convencida del todo.

—Unos meses.

—Entonces debe ser seria la cosa. ¿No tiene una política de dos citas como máximo? Y tú —dijo señalándola con un dedo acusatorio—, tú solo sabes ir en serio con los tíos. Tu relación más corta fue con Ben y estuvisteis juntos dos años.

Su hermana tenía razón. ¿Se había estado engañando a sí misma al pensar que podía tener una aventura? ¿O solo había sido su excusa para estar con Luke?

—No es que sea algo malo —añadió Cindy rápidamente—, solo que no es tu estilo.

—¿Qué opinas de Luke? —preguntó Sam dudosa, pero contenta de poder hablar de él con alguien al fin. Siempre confiaba en su instinto cuando analizaba datos financieros, pero, a fin de cuentas, tenía cifras reales en las que apoyarse. En lo que a relaciones se refería, no tenía ese lujo. Había que usar la intuición y mira cómo le había salido.

—Ah, no. No pienso meterme en eso.

—Por favor. Te prometo que no te voy a guardar rencor, y desde luego no se lo voy a contar a él.

Ni siquiera debería hablarle a nadie de su relación.

—Está bien —dijo su hermana pequeña cruzándose de brazos—. Siempre te estabas quejando de él, pero conmigo siempre ha sido amable. Por no mencionar que siempre ha sido respetuoso con papá y mamá.

¿Era eso una pullita a Jason? ¿Estaba insinuado que él no lo había sido?

—Parece una persona natural, ¿sabes? No da la impresión de estar actuando, aunque alguna vez me lo he planteado. Tú siempre tenías algo malo que decir sobre él, pero yo nunca lo veía en su comportamiento.

—Lo juzgué mal —admitió Sam. Aún la avergonzaba haberlo llamado mentiroso cuando, en realidad, había sido el mejor de los amigos.

—Lo sé. Aún no me puedo creer…

—¡Señorita Johnson, señorita Johnson! —la interrumpió uno de los niños—. ¡Hemos terminado la lista! ¡Hemos ganado!

Cindy señaló a Sam.

—Esta conversación no ha terminado —le dijo antes de volverse hacia los niños—. ¡Muy bien! Vamos a comprobar que lo tenéis todo.

Aunque se sintió ligeramente intimidada por las palabras de Cindy, para Sam fue un alivio enorme haberle hablado a alguien de Luke al fin. Y no solo eso, su hermana tenía una buena opinión de él. Eso tenía que contar para algo.

* * *

—¿Has visto cómo entrevistaban al director ejecutivo de Ham hoy? —preguntó Sam cambiándose el teléfono de oreja y acomodándose en su silla una semana después—. El tío no podía ni mirarle a los ojos al periodista.

Luke se rio.

—Yo tampoco podría si fuera él. Estuvo alterando los datos financieros durante toda su carrera como director ejecutivo.

—Todavía me sorprende lo mucho que tardaron en darse cuenta. —Al menos dos analistas habían lazado advertencias sobre esa empresa unos años atrás, pero no había ocurrido nada hasta que un conocido inversor dio la voz de alarma cuando vio que le habían robado acciones.

—Eso es lo que pasa cuando nadie tiene la motivación de hacer las cosas bien. La dirección se estaba embolsando su alto salario y los accionistas y los contables estaban haciendo una fortuna.

—Sé que a estas alturas ya debería ser inmune a estos escándalos, pero a veces la codicia de esta gente todavía me sorprende —admitió Sam. No había sido solo cosa del director ejecutivo, los contables y auditores también habían estado involucrados junto con un ex contable. La perturbaba en cantidades indescriptibles lo fácil que era comprar a algunas personas.

—Sé a qué te refieres. Esas firmas de contabilidad están poniendo su nombre en entredicho por solo un poco más de dinero. Parece que no han aprendido nada del escándalo Rixel. Perdona, Sam. Sheila me está llamando. Nos vemos esta noche.

Sam sonrió al colgar el teléfono y encendió el ordenador. Con suerte, podría terminar la revisión de la compañía petrolera que había comenzado esa mañana antes de que Luke fuera a su casa. Para el día siguiente tenía planeado revisar una cadera ferretera del noroeste.

Una hora más tarde, cuando le estaba escribiendo un correo al departamento de relaciones con inversores de la compañía para hablarles de uno de los elementos de su hoja de balance, sonó el timbre.

—Soy yo. —Era la voz de Nina.

Sorprendida, Sam se levantó y se dirigió hacia la puerta. A esas horas, normalmente Nina estaba trabajando. Miró la pantalla del interfono y vio a su amiga sonriendo y dando saltitos, como si estuviera a punto de explotar de la alegría. Divertida, Sam se apresuró a abrir la puerta.

—¡Me voy a casar! —exclamó Nina en cuanto entró. Su amiga sonreía de oreja a oreja mientras le enseñaba el anillo con un gran diamante en el centro—. Andrew me lo pidió anoche.

—¡Dios mío, enhorabuena! —dijo Sam abrazándola.

—Gracias —respondió Nina cuando se separaron—. Todavía no me lo creo. Cuando me invitó a su casa, su voz sonaba muy distante. Tenía miedo de que fuera a romper conmigo, ¡y fíjate! —Le dedicó una sonrisa deslumbrante y volvió a enseñarle la mano—. Fue superromántico —continuó—. Fui a su habitación del hotel y había flores y velas y música… —Como si siguiera en trance, Nina se dejó caer en el sofá de cuero.

—¡Cómo me alegro por ti! —dijo Sam sentándose junto a su amiga. Y era verdad. Nadie se lo merecía más que ella; su amiga había tenido unos cuantos novios bastante horribles. Era un alivio que al fin hubiera encontrado uno bueno. A Sam le habría gustado conocerlo antes de que se declarase.

Eso le hizo darse cuenta de lo mucho que se había dejado absorber por Jason, porque él aún vivía cuando Nina y Andrew empezaron a salir. Si Sam no hubiera sacrificado sus cenas semanales con Nina por lo apretado de su agenda con Jason, estaba segura de que ya conocería a Andrew a estas alturas.

—Salgamos a celebrarlo —dijo, con la esperanza de remediarlo lo antes posible.

—Lo siento, Sam, pero no puedo. Tengo que hacer la maleta. Estaba tan emocionada que tenía que decírtelo en persona.

—¿La maleta? ¿A dónde vas? —En ocasiones, su amiga tenía que salir de la ciudad para reunirse con un cliente o estar cerca del juzgado. Había veces en las que no tenía que irse muy lejos, pero otras todo era tan caótico que le venía mejor quedarse en un hotel que ir y venir desde su casa.

—Ah, no, no es un caso. Me voy a Washington este fin de semana para conocer a los padres de Andrew. Después, volveré para tomarme un par de semanas libres y me mudaré allí.

—¿Te vas a mudar a Washington? —preguntó Sam, sorprendida. Aunque era la ciudad y no el estado, seguía estando muy lejos. No podría ver a su amiga tan a menudo como había esperado.

—Sí, él no podría mudarse aquí —respondió Nina, y Sam asintió. Andrew tenía una pequeña empresa de fabricación de metal en Washington D.C. No tendría sentido que él se mudase a Nueva York. Pero, aun así... Sam no podía evitar recordar lo feliz que se había sentido Nina cuando consiguió su ascenso. ¿Ahora iba a dejarlo todo por un hombre?

En el fondo, sabía que lo que la hacía pensar eso era su propia experiencia con Jason, así que intentó apartarlo de su mente. Solo porque ella se hubiera perdido a sí misma en su matrimonio no significaba que Nina fuera a pasarle lo mismo.

—Te voy a echar de menos —dijo Sam tomándole la mano a su amiga. Al menos podría visitarla a menudo.

Ahora que ya no trabajaba en Harkin, tenía mucho más tiempo libre.

—Yo a ti también —murmuró Nina abrazándola—. Es una mierda que pase esto justo cuando acabábamos de reconectar.

—Te voy a visitar, tenlo por seguro.

—Gracias, y sabes que yo también te visitaré tan a menudo como pueda. —Nina miró su reloj y se levantó—. Tengo que irme ya. Andrew va a recogerme a las tres. Te llamo cuando llegue a casa.

Mientras cerraba la puerta, una duda apareció en la mente de Sam. Aunque estaba feliz por su amiga, no podía evitar preguntarse si ella algún día sería así de feliz. Para su sorpresa, ya no era tan reticente a la idea de casarse como hacía unos meses, y sabía que Luke era la causa.

Él la había pillado por sorpresa y estaba empezando a sospechar que no le importaría casarse si fuera con él.

# CAPÍTULO DIECINUEVE

Luke gimió mientras Sam le mordisqueaba el cuello. Pudo ver su sonrisa sexy durante un segundo cuando ella se separó para moverse hacia su pecho, haciéndole sentir chispas de electricidad por todo el cuerpo.

Él se sintió como en una nube al ver hacia donde se dirigía ella. Le encantaba cuando le practicaba sexo oral. Sus manos lo recorrían con deseo y no pudo evitar sonreír ante la idea de que ella disfrutaba de su cuerpo tanto como él disfrutaba del suyo. Quería que el deseo fuera mutuo, que ella lo desease tanto como él a ella.

Rozó su erección antes de acariciarla suavemente con la mano. Sus ojos se encontraron y él sonrió al ver la mezcla de lujuria y expresión juguetona que había en los de Sam. Sabía bien lo que ella quería, dijo:

—Por favor…

—¡Luke!

Se le paró el corazón al escuchar la voz de su madre. Sam se quedó congelada y abrió mucho los ojos. ¿Se podía ser más inoportuna? Aunque, claro, si su madre se presentaba en su casa cuando él estaba allí, había muchas posibilidades de que lo pillase en la cama con Sam. Se levantó de un salto, cerró la puerta con pestillo y volvió junto a Sam sin saber qué decir.

—¿Cómo se enciende este cacharro? —Oyó decir a su padre, y se imaginó que estaba intentando encender la televisión.

—Así. —La voz de su hermano llegó a sus oídos y fue reemplazada por el sonido de un canal de negocios antes de que lo cambiasen rápidamente a uno de deportes. Pues claro. Domingo de fútbol. Algunas cosas no cambiaban nunca.

—Son mis padres, mi hermano y seguramente mi hermana —le susurró a Sam. Ella empezó a vestirse y él la imitó—. Les di acceso al ascensor.

—¿Y vienen así, sin avisar? —preguntó ella enderezándose y mirándolo—. ¿Y si tienes compañía?

—No es que acostumbre a traer mujeres aquí —respondió él pasándose una mano por el pelo. No solo no tenía tiempo para eso, sino que odiaba la sensación de asco que le embargaba después de hacerlo. Aunque él no había esperado que Sam le correspondiese y dejase de verlo solo como un amigo de su marido, no podía evitar comparar a todas las mujeres con ella y encontrarles mil defectos—. Además, mis padres suelen llamar antes —continuó. Soltó un gruñido al darse cuenta de que seguramente habían llamado antes, pero él había apagado el móvil y desconectado el teléfono fijo la noche anterior, antes de que llegase Sam.

—Vamos —murmuró tras ponerse los pantalones. Cuanto antes se fueran, antes podrían Sam y él continuar con lo que estaban haciendo.

—Espera. No puedo salir. —Sam parecía horrorizada ante la idea.

Él se enderezó con el ceño fruncido.

—¿Cómo que no…? Ah. —Sintió un peso en el estómago al darse cuenta de que ella no quería ver a sus padres. Ya la conocían, pero como la mujer de Jason, no como la mujer a quien él quería. Le pilló de sorpresa lo mucho que deseaba que su familia se enterase de que estaban juntos. Su madre siempre le estaba dando la chapa con conocer a la mujer indicada y sabía que su padre también quería que sentase cabeza. Ojalá pudiera contarles que lo había hecho.

¿Lo había hecho?

Sabía que Sam era la mujer con la que quería pasar el resto de su vida, pero, a pesar de todo lo que habían pasado juntos, ella insistía en mantener lo suyo en secreto. De pronto, dudó que ella se estuviera tomando su relación tan en serio como él, pero se sacudió la idea de encima. Iba a hacer que funcionase.

—Lo siento —dijo Sam negando con la cabeza—, pero ya sabes lo mal que quedaríamos los dos.

Él entendía su postura, pero le importaba un carajo. Joder, no estaban haciendo nada malo. Eran dos adultos libres disfrutando de su mutua compañía.

Alguien intentó abrir la puerta y la expresión de Sam se tornó en pánico.

—¡Me estoy vistiendo! —gritó Luke.

—Vale, vale —contestó su madre.

Él suspiró y se pasó la mano por el pelo.

—Voy a ver qué quieren. Ahora vuelvo.

—No, no te…

Antes de que ella pudiera terminar la frase, él se fue y se encontró a sus hermanos y a su padre gritándole a un partido de fútbol y a su madre de pie junto a la ventana, disfrutando de las vistas del apartamento.

—¡Luke! —Su hermana se levantó del sofá y corrió a abrazarlo.

Él sonrió mientras le devolvía el abrazo.

—Oye, ¿qué estáis haciendo aquí?

Su madre lo abrazó con una mirada de advertencia.

—Intentamos llamarte, pero no contestabas. —Miró al dormitorio que estaba a sus espaldas y él supo que no se le estaba escapando una. Quería decirle a su madre que no era como ella pensaba, pero se resistió porque darle explicaciones solo llevaría a preguntas que no podía responder.

—Papá y Brian me han ayudado a llevar el sofá viejo a mi residencia de estudiantes —intervino Ana.

Luke frunció el ceño.

—¿Por qué no habéis llamado a una empresa de mudanzas?

Su hermano se rio.

—¿Para un sofá?

—Sí, para un sofá. —Un día de estos, iba a tener que recordarle a Brian que su padre ya no tenía edad para ciertas cosas.

—¿Va a venir o no? —preguntó su padre desde el sofá sin apartar los ojos de la televisión. Luke suspiró, su madre ya debería saber que era inútil planear nada cuando había partido.

—¿A dónde? —preguntó Luke mirando a su madre.

Anna sonrió.

—Mamá y papá nos van a llevar a todos a un *brunch*.

Él se sintió muy culpable. Sus padres rara vez iban a esa parte de la ciudad y él ni siquiera se había enterado de sus planes, pero no podía ir. Tenía que hablar con Sam.

—Lo siento, no puedo. Quizá la próxima vez.

—Claro, cariño —dijo su madre poniéndole una mano en el hombro—. Y no olvides venir a cenar la semana que viene.

—Sí, si se puede levantar de la cama. —Su hermano lo miró con una sonrisita y a Luke le dieron ganas de pegarle.

—Muy gracioso —contestó mientras los acompañaba hasta el ascensor.

—Más vale que haya una tele en ese restaurante —dijo su padre—. Me alegro de verte, hijo.

En cuanto se cerró la puerta del ascensor, Luke fue hacia el dormitorio. Sam estaba allí, completamente vestida y buscando algo en su bolso. Cuando vio que eran las llaves de su coche, lo invadió la decepción. Se iba.

—Podía haberme ido después —murmuró ella dándose la vuelta.

—No voy a ir con ellos. —Él suspiró y se pasó la mano por la cara. Sabía que se iba a arrepentir de decir eso, pero no podía evitarlo—. No quiero que sigamos escondidos. —No era ningún adolescente ocultándole su primera novia a sus padres. Tenía treinta y cuatro años, por el amor de Dios.

No debería tener que ocultar a la mujer que quería de sus padres.

Vio que a Sam se le tensaban los músculos de la garganta. Sabía que no era lo que habían acordado, pero no podía seguir mintiéndose a sí mismo. La quería y quería pasar con ella el resto de su vida sin todo ese secretismo.

—Teníamos un trato —dijo ella al fin, rompiendo el silencio, y él sintió como si le hubieran arrancado una alfombra de debajo de los pies. A ella seguía sin importarle lo suficiente ni él ni lo que tenían como para contarlo en público. Sabía que sentía algo por él, pero empezaba a dudar si algún día sería suficiente.

—Lo sé, y lo siento, pero estoy harto de esconderme —respondió él sujetándola entre sus brazos. Esperaba no estar metiendo la pata. No quería dejar de verla, porque nunca había sido tan feliz y sabía que acabaría destrozado si ella decidía que no valía la pena—. Y quiero que mi familia conozca a la mujer que es tan importante para mí.

—Pero si ya me conocen.

—Como la mujer de Jason. Quiero que sepan lo que significas para mí.

Ella se quedó en silencio durante un momento y murmuró:

—Me lo pensaré.

No era mucho, pero al menos no había rechazado de plano la idea.

Él sonrió y le quitó las llaves de la mano.

—No estarás pensando en irte, ¿no? Tenía todo el finde planeado.

Ella le devolvió la sonrisa.

—Ah, ¿sí?

—Sí, y llevas demasiada ropa para lo que tenía en mente. —Puede que ella no lo quisiera, pero algo de lo que no tenía duda era que en la cama conectaban. No era mucho para cimentar unas bases, pero era todo lo que tenía, y pensaba aprovecharlo al máximo.

* * *

Al día siguiente, Samantha observó cómo Luke le daba la vuelta a una tortita con experticia. Llevaba la misma camisa blanca del día anterior y ella no pudo evitar preguntarse cuánto tiempo más duraría esa aventura si se empeñaba en mantenerla en secreto.

Él se estaba esforzando mucho para asegurarse de que nadie se enterase. Siempre tenía que tener una bolsa con sus cosas en el coche para que la limpiadora de Sam no se enterase de que se veía con alguien; tenía que conducir él mismo hasta el trabajo cada día para que su chófer no sospechase nada. Hasta la ayudaba a fregar y secar todas las ollas y sartenes cuando cocinaban para que la cocinera no se percatase de que las habían usado.

¿Por qué aguantaba todo eso?

Podría tener a la mujer que quisiera y, aun así, estaba pasando por todos esos aros por ella. Se dio cuenta de que él merecía mucho más de lo que ella le estaba dando. A lo mejor no tendría que haber exagerado tanto el día anterior cuando lo visitó su familia, pero había entrado en pánico. Que la presentase como su novia lo convertiría en algo más real y se había asustado. Aún seguía asustada.

Se veía perfectamente enamorándose de él sin que fuera correspondido. Aunque su relación era la más larga que le había visto, sabía que tenía más que ver con el hecho de que se conocían desde hacía mucho tiempo que con que él de verdad sintiese algo por ella. Vale, puede que se estuviera engañando a sí misma: si no fuera así, él no la estaría presionando para revelar su relación y no querría pasar tanto tiempo con ella, pero, tarde o temprano, se acabaría cansando.

Pero, al mismo tiempo, no quería que el miedo a lo que pensase la gente le hiciera perderlo. Le encantaba estar con él y no quería que su relación terminase.

—Me encantaría volver a ver a tu familia —dijo antes de que el valor la abandonase—. Si tú quieres, claro —añadió rápidamente.

Había sentido alivio al hablarle de él a Cindy, ¿no? Seguro que él deseaba lo mismo.

Él se dio la vuelta rápidamente y, como si acabara de acordarse de que tenía el fuego encendido, se volvió de nuevo para apagarlo.

—Claro que quiero. Mi familia se va a reunir el sábado que viene en casa de mis padres. ¿Estarás libre?

—Sí.

—Genial, se lo diré a mi madre. Gracias, Sam. Significa mucho para mí.

La hacía feliz poder hacer algo por él. Él siempre estaba haciendo cosas por ella y era bonito poder devolverle el favor. Aunque seguía preocupada por lo que su familia pudiera pensar de ella, también estaba contenta de importarle tanto Luke como para que quisiera presentarla, especialmente ahora que sabía lo familiar que era él. Eso era una señal de que lo suyo era más que un rollo, ¿no?

Eso esperaba.

* * *

Una hora después, Luke marcó el número de su madre de camino a su coche. Lo invadía la emoción.

—¿Luke? ¿Va todo bien?

Entonces se dio cuenta de la hora que era. No le extrañaba que su madre estuviera preocupada: no eran ni las siete de la mañana. Sí que estaba emocionado por contárselo a sus padres.

—Sí, perdona, mamá. Solo quería decirte que voy a llevar a alguien a la cena del sábado.

—Oh.

—Es Sam —dijo rápidamente para atajar la desaprobación que había en la voz de su madre. Seguramente pensaban que la mujer que tenía en su habitación la había conocido en una fiesta, pero no era así para nada.

—*Ah.* —El cambio en el tono de voz de su madre le confirmó exactamente lo que pensaba: que Sam seguía siendo la viuda de Jason no solo para su familia, sino para todo el mundo. Pensarían que iba demasiado deprisa y, quizá, que él se estaba aprovechando de una pobre viuda desolada.

No sabían que Jason le había puesto los cuernos a Sam durante todo su matrimonio.

Como su madre se había quedado en silencio, Luke continuó:

—No fue algo planeado, simplemente ocurrió. —Mierda, Sam tenía razón con lo de mantenerlo en secreto, pero él estaba harto de esconderse. La había deseado durante tanto tiempo que, ahora que la tenía, quería gritarlo a los cuatro vientos.

—Claro, cariño. No tienes que darnos explicaciones. Todos sabemos lo destrozados que estabais los dos por la muerte de Jason. Es lógico que hayáis encontrado consuelo el uno en el otro.

—No fue… —empezó a decir, pero se calló. Quería desmentir la idea de que se habían unido porque ambos estaban de luto por la muerte de Jason, pero ¿qué podía decir? ¿Qué él deseó que se separasen durante años? Eso no le iba a hacer ganar puntos extra con su madre.

—Mira, ya sé que no es asunto mío, pero no quiero que ninguno de los dos se haga daño. Sam ya ha sufrido mucho.

Estaba claro que su madre pensaba que Sam era la víctima, pero no sabía qué decirle para que cambiase de idea.

—No voy a hacerle daño, mamá —dijo finalmente.

—Ya sé que no es tu intención. —Su madre hizo una pausa y suspiró—. Solo espero que sepáis lo que estáis haciendo.

Luke colgó el teléfono con el ceño fruncido. Su madre siempre le estaba dando la lata con que tenía que sentar la cabeza y, ahora que por fin había encontrado una mujer que quería llevar a casa, estaba decepcionada.

Genial. De puta madre.

* * *

George se estaba yendo de madre con Clayton.

Luke frunció el ceño al leer el informe del gestor. George quería invertir en una pequeña compañía hipotecaria de Nevada que se había puesto en contacto con ellos para venderles algunas de sus acciones con un descuento exorbitante. La compañía había incumplido muchos más préstamos de lo esperado y necesitaba una nueva línea de crédito.

Vale, no era probable que se fueran a declarar en quiebra, pero ¿darles veinte millones? Era un riesgo que Harkin no se podía permitir ahora mismo. Luke alargó la mano para coger el teléfono y dudó. George y él siempre habían tenido opiniones distintas en cuanto a la forma de diversificar sus trabajos. Luke prefería invertir una cantidad pequeña en varias empresas mientras que a George le gustaba invertir a lo grande en unas pocas.

George tenía la mentalidad de que había un número limitado de buenas oportunidades y le gustaba aprovecharlas al máximo cuando se presentaban. Luke era más cauto y pensaba que, por muy buenos que fueran analizando informes anuales y negocios, siempre cabía la posibilidad de que hubiera errores.

Ninguna de las perspectivas era errónea. Al final, todo se reducía a sus preferencias personales. Luke no debería haberse esperado que George fuera a cambiar su estrategia cuando lo eligió para liderar el fondo de recuperación, especialmente porque su instinto había sido una de las razones por las que lo prefirió a él antes que a Peter.

Luke no le iba a cuestionar nada, al menos de momento. Ya lo había hecho muchas veces en los siete años que llevaban trabajando juntos. George no lo habría hecho si no estuviera seguro. Recordó lo cuidadoso que había sido con el trato de Oakbridge el año anterior y supo que no tenía nada de qué preocuparse. Luke pasó unos minutos más mirando el resto del informe y estaba a punto de llamar a George cuando sonó su teléfono.

Lo cogió y vio el nombre de su hermano en la pantalla. Supuso que su madre ya había terminado de hablar con Brian.

—Mamá te lo ha contado —dijo Luke por todo saludo. Esperaba que su familia no fuera a montar un espectáculo con Sam el sábado siguiente, o ella se arrepentiría de haber ido.

—Sí. Me preguntó si yo sabía algo. ¿Cuánto tiempo hace?

—Casi tres meses.

Hubo una pausa y Brian preguntó:

—Es ella, ¿verdad? La razón por la que nunca has ido en serio con nadie. Estabas demasiado embobado con ella para fijarte en nadie más.

—Tampoco es que la estuviera esperando.

Excepto por el breve instante en el que pensó que podría hacer que dejara a Jason, siempre supo que no iba a dejarlo por él. Había intentado pasar página con ella muchas veces: había quedado con otras mujeres, se había enterrado en trabajo y hasta había intentado evitarla, pero nada de eso funcionó. Incluso verla de refilón era más emocionante que tener una cita con otra.

—Oye, lo entiendo. Uno no decide de quién se enamora.

Por fin comprendo a qué venía esa mirada que me echaste en la fiesta de Navidad.

Luke hizo un gesto de dolor al recordar su reacción cuando vio a Sam bailando y riéndose en los brazos de su hermano en la última fiesta de Navidad de la empresa. Aunque sabía que Sam no lo habría rechazado si le hubiera pedido que bailasen (porque no lo habría avergonzado en público aunque no le cayese bien), le había dado miedo su falta de autocontrol. Había temido que, una vez la tuviera en brazos, ya nunca querría soltarla. Así que se hizo a un lado y la observó bailar con Jason y otros hombres en la fiesta, lo más seguro es que mirándolos mal a todos y deseando ser él todo el rato.

—¿Tan obvio fue?

Brian se rio.

—No entendía qué pasaba. Al principio estabas feliz de verme y, al minuto siguiente, parecía que querías castrarme.

Luke se estremeció al comprobar lo acertado que estaba su hermano.

—Bueno, entonces, ¿me empiezo a preparar el discurso del padrino?

A Luke se le contrajo el pecho. Lo que más quería en el mundo era casarse con Sam, pero dudaba que fuese recíproco. Vale, estaba dispuesta a conocer a sus padres como su novia, pero una cena ni se acercaba al matrimonio.

No quería pensar en lo lejana que estaba esa posibilidad, así que preguntó:

—¿Qué te hace pensar que te lo iba a pedir a ti?

—¿Y por qué no ibas a hacerlo? Soy tu hermano, ni de coña elegirías a Adam antes que a mí.

—Él es la opción más segura, desde luego —bromeó Luke—. No tendría que preocuparme de que fuera a enseñar fotos vergonzosas de cuando era un bebé. —Dudaba que alguna vez fuera a olvidar cómo se sonrojó su hermana cuando Brian sacó las fotos de bebé la primera vez que trajo un novio a casa.

—¿Qué te parece si solo enseño una?

Luke se rio. Era increíble que su hermano estuviese intentando negociar eso.

El tono de Brian se volvió más serio.

—Te vas a casar con ella, ¿no?

—Es un poco pronto para pensar en eso —admitió Luke—. Sam ni siquiera quiere que la gente se entere de lo nuestro.

—Bueno, pero es comprensible que quiera un poco de privacidad, ¿no? Es decir, si la prensa se enterase de que estáis saliendo, especialmente tan poco tiempo después de la muerte de Jason, estaríais en la portada de todos los tabloides. Además, te ha dejado contárnoslo a nosotros, ¿no?

—Sí. —Pero prácticamente la había obligado. Teniendo en cuenta cómo respondió su madre, se preguntó si no se habría equivocado al forzarla. Desde luego no les iba a ayudar en nada que las primeras personas que supieran de su relación no la aprobasen. Sam no querría arriesgarse a la censura por segunda vez.

Mierda. Ojalá presionarla para que conociese a sus padres no fuera a estropearlo todo.

Debería haberse conformado con estar con ella y disfrutar de lo que estuviera dispuesta a darle, pero no se había podido resistir. Después de tanto tiempo enamorado de ella, lo quería todo.

Se le hizo un nudo en el estómago al pensar que quizá había estropeado lo mejor que le había pasado nunca y, de repente, no le apeteció seguir hablando de ello.

—Lo siento, Brian. ¿Te puedo llamar luego?

# CAPÍTULO VEINTE

—Entonces… ¿Vamos a la casa donde te criaste? —preguntó Sam mientras entraban en la autopista el sábado por la noche de camino a casa de los padres de Luke.

Luke la miró antes de volver a centrarse en la carretera.

—No, conseguí que mis padres se mudasen hace unos años.

—Tienes suerte de haberlos convencido. A mí los míos solo me dejaron instalarles un sistema de seguridad. —Había intentado que sus padres se mudasen muchas veces, pero siempre se habían negado.

Entendía que habían tardado treinta años en pagar esa casa y estaban orgullosos de ella, pero desearía que se dejasen ayudar más. Hasta se habían negado a dejarle arreglar pequeñas cosas, como los escalones sueltos del porche y el sofá raído que a su padre tanto le gustaba.

—¿Es un mal barrio?

Ella dudó antes de responder.

—Bueno, más o menos —respondió ella finalmente porque, aunque podría ser mucho mejor, también podría ser mucho peor—. Algunos vecinos son buenos y algunos son un poco turbios. —Se encogió de hombros—. Supongo que es solo que quiero algo mejor para ellos.

Como una casa con unos escalones que no chirriasen y un bario en el que no tuviera que preocuparse por los tiroteos.

—Te entiendo perfectamente —le dijo Luke—. Yo quería algo con verjas o, al menos, una casa en una urbanización privada, pero mis padres no estaban por la labor en absoluto. No querían alejar a sus viejos amigos.

—Ya. Mis padres tampoco estuvieron nunca cómodos con el estilo de vida de Jason. Hasta salir a comer era una cruz para ellos.

Luke se rio.

—Me imagino, Jason siempre quería ir a los restaurantes de moda. En uno de los sitios a los que me llevó servían comida cruda, y no me refiero a sushi.

—Se supone que así tiene más nutrientes —dijo Sam riéndose.

—Puede ser, pero no pienso comer ternera que no ha pasado por la sartén.

Sam sonrió y lo señaló.

—Ya sabes lo que opino de algunos de esos sitios. Creo que he ganado ya diez kilos de comer todo lo que me había restringido en los últimos años.

—Mmm… Recuérdame lo de esos diez kilos más tarde. No los he visto, pero a lo mejor es que no he mirado bien.

Le dedicó una sonrisa pícara y ella sintió que se le calentaba la cara ante la idea de que él la inspeccionase. Estaba segura de que conocía cada parte de su cuerpo de memoria, pero no estaba de más comprobarlo.

* * *

—Es muy bonito por tu parte haberles comprado una casa nueva —dijo Sam sacando la caja de bombones del maletero. A Luke se le ablandó el corazón al recordar que ella le había preguntado si a sus padres les gustaba el chocolate. Eso demostraba que quería causarles buena impresión, y esperaba que también significase que se estaba enamorando de él.

—Estoy seguro de que tú habrías hecho lo mismo en mi lugar —contestó él cogiendo el helado y cerrando el maletero.

—Hola, ¿necesitáis ayuda? —preguntó Anna acercándose a ellos. Estaba pasando allí las vacaciones de primavera.

—No, gracias. Vamos bien.

—¡Hola, Sam! —Anna la abrazó con una sonrisa enorme.

—Hola, Anna, cuánto tiempo sin verte.

—¡Ya te digo! He estado tan ocupada con las clases que no he tenido tiempo de pasarme por la oficina.

A Luke le sorprendió enterarse de que Anna veía a Sam cuando iba de visita a la oficina, pero no sabía por qué. Sam era amiga de *todo el mundo*. Anna sonrió mientras lo abrazaba.

—Hola, Diana —dijo Sam, y él alzó la mirada para ver

cómo abrazaba a su madre—. Os he traído a ti y a Richard unos bombones.

—Oooh… Muchas gracias, querida. No tenías por qué hacerlo.

—No es nada. ¿Necesitas ayuda en la cocina?

Luke se ablandó al escuchar que Sam estaba dispuesta a ayudar a su madre sabiendo lo mucho que odiaba cocinar, y se derritió cuando su madre aceptó la oferta. Solo dejaba entrar en su cocina a la gente que le caía bien.

—Voy a meter el helado en el congelador —le dijo a su madre.

—Ya lo hago yo —contestó ella quitándoselo de las manos y abrazándolo—. Creo que tu hermano quiere hablar contigo —le dijo en voz baja.

Él asintió, curioso, y miró cómo las tres mujeres más importantes de su vida entraban en la casa riendo. El peso que llevaba sintiendo desde que llamó a su madre se desvaneció mientras las seguía dentro.

Su hermano apareció en escena rápidamente y señaló hacia la cocina con la cabeza.

—Parece feliz —dijo—. Y tú también.

—Lo soy, y mucho. —Solo esperaba hacer a Sam la mitad de feliz de lo que ella le hacía a él.

Brian le dedicó una sonrisa.

—¿Quieres ver algo guay?

—Claro.

Su hermano señaló algo a sus espaldas. Luke se giró y vio las nuevas persianas de madera.

—Las ha hecho papá —continuó Brian, y Luke se giró, sorprendido.

—¿Papá ha hecho esto? —preguntó abriéndolas y cerrándolas, admirando el trabajo de su padre. Parecían sacadas de un catálogo.

—Si. Dijo que se estaba aburriendo de la jubilación.

Luke volvió a abrir y cerrar las persianas. No tenía ni idea de que su padre tuviera tanto talento. Aunque siempre había hecho chapuzas en casa, Luke siempre pensó que era porque no se podían permitir contratar a nadie para que arreglase las cosas. Quizá su padre había hecho todos esos trabajos porque los disfrutaba.

—¿Quieres ver lo que está haciendo con la madera que le sobró?

—Por favor, no me digas que está cambiando los suelos.
—Eso sería demasiado trabajo para él. Le alegraba ver que su padre había encontrado un pasatiempo, pero no quería que se excediese. Se había ganado la jubilación.

—No. —Brian sonrió—. Te lo enseñaré.

—Vale, te sigo.

Mientras se dirigían al sótano, Luke preguntó:

—¿Cómo va todo?

—Podría ir mejor. —Brian suspiró y sacudió la cabeza—. Creo que estoy quemado. Para serte sincero, nunca pensé que duraría tanto en el banco.

Eso de no buscar nunca un trabajo mejor debía ser cosa de familia. Sus dos padres se habían jubilado en los primeros trabajos que tuvieron. No eran los mejores, pero supuso que se habían sentido afortunados de tenerlos, y parecía que él y sus hermanos habían heredado eso. Él todavía seguiría en Brown and Hale de no ser por Jason. Se había contentado con la oportunidad de tener una vida mejor sin tener ni idea de que había todo un mundo al alcance de su mano.

—La oferta del préstamo sigue en pie, en caso de que algún día decidas seguir otro camino. —Brian siempre había sido el creativo de la familia. Mamá se volvía loca cada vez que cogía cosas de la casa para crear sus propios artilugios.

Luke siempre había pensado que su hermano se convertiría en ingeniero o inventor, así que se sorprendió cuando Brian consiguió trabajo en un banco local justo después de graduarse.

—Gracias, me lo pensaré. A veces, me da envidia cuando veo lo bien que se lo pasa papá con las manualidades. —Brian abrió la puerta del sótano y a Luke lo embargó el olor a madera.

—Ah, ¿ya es la hora de cenar? —preguntó su padre soltando el martillo.

—Casi —respondió Brian mientras bajaban las escaleras—. Mamá no ha dicho nada todavía.

Luke miró el boceto que había sobre la mesa. A su padre no se le daba tan bien dibujar como trabajar con la madera, pero Luke vio que iba a ser una casita para pájaros preciosa.

—Va a ser mi regalo de aniversario para vuestra madre —dijo su padre.

—Le va a encantar —respondió Luke con una sonrisa. A su madre siempre le habían gustado los animales. Aunque le hacía feliz ver que su padre estaba haciendo algo que le encantaba, odiaba que hubiera tenido que esperar a la jubilación para poder hacer lo que realmente quería. Ni siquiera había ido nunca de vacaciones hasta el año anterior, cuando él y su madre se fueron de crucero por Europa. Lo disfrutaron tanto que, a la semana de volver a casa, ya habían reservado otro.

Le parecía extraño pensar que sus padres nunca habían tenido dinero para darse esos caprichos de jóvenes (siempre habían tenido lo justo) y cómo ahora él tenía dinero para hacer todo lo que quisiera, pero no tiempo. Se dio cuenta de que, si quería formar una familia con Sam, eso tenía que cambiar. Con ella lo quería todo: la casa en las afueras, los niños... Pero, al mismo tiempo, no quería ser como su padre, que siempre llegaba a casa demasiado agotado como para jugar o ayudar con los deberes.

Aunque sabía que su padre lo había hecho lo mejor que había podido, dadas las circunstancias, también era consciente de que él estaba en una situación vital totalmente distinta. Él podía permitirse alejarse un poco del trabajo sin que su situación financiera se viera resentida y, en ese momento, decidió que lo haría cuando Sam y él tuvieran hijos. No quería terminar como su padre, que había empezado a disfrutar la vida tras la jubilación, sobre todo porque él podía elegir.

* * *

—Muchas gracias por haber venido esta noche —dijo Luke cuando las puertas del ascensor se abrieron en su apartamento.

—Creo que es la cuarta vez que me das las gracias.

Luke sonrió mientras la estrechaba entre sus brazos.

—Es que estoy muy feliz.

A ella la llenó de placer pensar que algo tan simple como asistir a una de sus cenas familiares pudiera hacerlo tan feliz.

La madre de Luke le había contado que era la primera mujer que había traído a casa y una parte muy grande de ella estaba encantada con la idea. Adoraba estar con Luke y estaba contenta de que él sintiese algo por ella que no había sentido con nadie más. Pero a su otra parte, a la más racional, le preocupaba que las cosas estuvieran yendo demasiado rápido. Se había enterado de que su marido le ponía los cuernos literalmente unos minutos antes de saltar a la cama de Luke y ya estaba asistiendo a sus cenas familiares.

Luke la abrazó más fuerte.

—Baila conmigo —le pidió mientras la balanceaba.

Ella se rio y lo envolvió con sus brazos.

—No hay música.

—La tengo aquí —dijo él sacando su móvil. Sin dejar de mirarla, le pidió al teléfono que pusiera música suave y luego lo lanzó al sofá. Al minuto, el sonido de un saxofón llenó el ambiente. Él sonrió y volvió a rodearla con los brazos. —Bueno, ¿por dónde íbamos?

—Mmm… Me estabas diciendo que mañana me vas a hacer tus famosos gofres con nueces para darme las gracias por haber ido a casa de tus padres esta noche.

—Ah, ¿sí?

Ella le agarró el culo y sintió la erección contra su estómago.

—Entre otras cosas.

—Ah, te voy a hacer esos gofres —murmuró él inclinando la cabeza y lamiéndole la oreja, causándole escalofríos—. Entre otras cosas —añadió antes de besarla.

# CAPÍTULO VEINTIUNO

Decididamente, había perdido la cabeza.

¿Una cena con Sam y ya estaba eligiendo un anillo? Ella ni siquiera estaba preparada para hacer pública su relación.

Pero, aun sabiendo eso, Luke metió los datos de su tarjeta en la página web donde llevaba dos horas diseñando un anillo para Sam. No sabía cómo, pero había pasado de estar leyendo un informe sobre una compañía minera a ponerse a buscar anillos de compromiso. No había encontrado nada digno de ella en las joyerías principales, así que terminó en una página que le permitía diseñar el anillo perfecto.

Había probado con varios diseños y piedras hasta decidirse por un anillo sencillo de platino con un perfecto diamante de corte princesa en el centro. No era el gran diamante que se merecía, pero sabía que a ella no le gustaban las cosas ostentosas ni vulgares. Además, no quería que se sintiera incómoda llevándolo. De hecho, lo que quería era que no se lo quitase de encima para nada.

La idea de Sam con ese anillo puesto lo llenó de satisfacción, pero la realidad no tardó en serenarlo. Que hubieran ido juntos a una cena familiar había sido sin duda un paso en la dirección correcta, pero seguía muy, muy alejado del matrimonio. Joder, ni siquiera podía convencerla de que salieran juntos en público, donde pudieran encontrarse con conocidos. ¿Cómo iba a conseguir que pasase el resto de su vida con él?

Se pasó una mano por el pelo, sintiéndose frustrado. Sabía que había sufrido mucho con Jason y era comprensible que quisiera controlar los límites de su relación, pero *odiaba* que solo pudieran pasar juntos las noches y las mañanas. Él quería mucho más.

Quería tener citas con ella y verla a lo largo del día. Quería poder llamarla y que la gente supiera con quién estaba hablando. Después de haberse acostumbrado a tenerla en la oficina, echaba de menos salir del despacho y verla a ella en el suyo. Y no solo eso, quería vivir con ella. Quería llegar a casa cada día y que ella estuviese allí. Y, por eso, continuó con la transacción.

Ni siquiera sabía su talla.

Se habría reído si no fuera tan deprimente. Si Nina supiese que estaban juntos, le podría haber pedido ayuda, pero Sam ni siquiera le había confiado su relación a su mejor amiga. Y no iba a cogerle su antigua alianza para comprobar la talla, aunque sabía exactamente dónde la guardaba. No quería que su relación con Jason contaminase algo tan especial.

Pero, por alguna razón, Luke estaba convencido de que usaba la talla cinco. No tenía ninguna experiencia con anillos, pero tenía esa intuición. Además, siempre podían ajustar el anillo si no era la talla correcta.

Apartó los pensamientos que se le estaban acumulando. Aunque fuera una compra impulsiva, era lo correcto. No podía imaginarse compartiendo su vida con nadie más que con ella. Ya se preocuparía por su respuesta cuando por fin tuviera la oportunidad de hacerle la pregunta.

—Esperamos que la competición en la industria juguetera será más feroz en los próximos años —le dijo George—. El mercado de Toyco no ha parado de crecer y Playtime acaba de firmar un contrato de licencia con Juniper.

—¿Juniper es esa empresa que hace las películas de superhéroes? —preguntó Luke. Le sonaba mucho haber visto los anuncios.

—Sí. Sacaron *The Menagerie* en noviembre y parece que su próxima película, *Bearman,* va a ser todo un éxito.

Luke asintió y ojeó los informes financieros de Seidler. El stock de la empresa llevaba casi dos años en el fondo de recuperación y había conseguido unos beneficios decentes. Su situación financiera seguía fuerte, incluso más que cuando los compraron al principio, pero estaban enfrentándose a demasiados inconvenientes. Hubiera ayudado sacar una nueva línea de juguetes o añadir algunos más a las líneas que ya tenían, pero no lo habían hecho. Ni siquiera tenían planes de desarrollarlos en un futuro próximo.

Siguió ojeando los informes financieros y frunció el ceño cuando vio que la empresa había empezado a recomprar su stock. Aunque hacer eso a menudo añadía valor a una empresa, a Luke no le gustó un pelo. Esa empresa aún podía crecer y, en lugar de hacerlo, había elegido quedarse estancada.

Henry, uno de los analistas, empezó a contar cómo las grandes ganancias del trimestre anterior habían hecho que fuese el mejor momento para vender su posición en la empresa, y Luke le dio la razón mentalmente.

De repente, el aire cambió. Se giró y vio a Samantha hablando con uno de los abogados cerca de la máquina de café. Como si lo hubiera sentido, ella se giró y le sonrió antes de retomar su conversación. A él le empezó a latir rápido el corazón y volvió a sus informes. ¿Qué hacía ella allí? ¿Había ido a verlo? Como sabía que George y los analistas ya habían hecho sus investigaciones correspondientes antes de consultarle la venta del stock, asintió hacia ellos.

—Vendedlo todo.

El grupo se dispersó rápidamente y Luke salió para ver a Sam, quien ahora estaba hablando con Karen. No pudo evitar pensar lo bien que sentaba tener a Sam en la oficina. Era su lugar.

Karen empezó a reírse de algo que Sam había dicho y ella se le unió. A él le dio un vuelco el corazón cuando se cruzaron sus miradas. Aunque llevaban meses pillados el uno del otro, aún lo dejaba sin aliento con solo verla. Le sonrió y no pudo evitar sentirse orgulloso al pensar que esa sonrisa era solo para él. Era mezquino por su parte, pero se alegraba de que al fin estuviese dedicándole sus sonrisas a él y no a Jason.

Karen se dio cuenta de que Sam estaba distraída, se dio la vuelta y lo vio.

—Oh, oh —dijo volviéndose hacia Sam y tocándole el brazo—. Mejor me vuelvo a mi escritorio antes de que empecéis a discutir. Me alegro mucho de verte.

El primer instinto de Luke fue besar y abrazar a Sam como siempre hacía cuando la veía, pero las palabras de Karen lo frenaron. Estaban en público y Sam no le había dado permiso para airear su relación, así que se metió las manos en los bolsillos.

—Hola, Sam.

—Hola, Luke —dijo ella agarrando su bolso con fuerza—. Quería saber si estabas libre para comer.

¿Quería salir a comer con él?

Ya estaban tardando en salir.

—Claro, dame un minuto. —Era casi demasiado bueno para ser verdad. Él había deseado que ella estuviera más cómoda con su relación y ahora estaba allí.

Fue a ver a Sheila para asegurarse de que no tenía nada urgente que hacer en la hora siguiente y le dijo que se iba. Cuando volvió al piso de transacciones, Sam estaba hablando con Cecilia.

Cecilia se dio cuenta de que él se acercaba y movió el ratón rápidamente para cerrar una pestaña en el ordenador. Luke sonrió. Como si no supiera que la contable le enseñaba fotos de sus sobrinos y sobrinas a cualquiera que quisiera verlas. Hablaba tan alto que la oía desde la otra punta de la planta.

Pero, como no quería que la pillasen, decidió no comentar nada y, de repente, se preguntó si Sam tendría tantas ganas de enseñarle a todo el mundo fotos de sus hijos. Sintió un tirón en el pecho al pensarlo. Nunca se había imaginado como un padre de familia, pero con Sam sí lo deseaba. Joder, hasta le estaba empezando a sonar bien la vida en las afueras siempre que fuese con ella.

—¿Estás lista? —le preguntó acercándose. La necesidad de pasarle el brazo por la cintura y besarla era abrumadora, pero se resistió. No quería que se arrepintiese de invitarlo a comer.

Sam asintió y se despidió de Cecilia. Se percató de la forma en la que la contable sonreía mientras volvía la mirada al ordenador. Sam causaba ese efecto en la gente.

—Sabes que la puerta siempre estará abierta en caso de que un día quieras volver —dijo él mientras se dirigían al ascensor. Ella se quedó helada y él se apresuró a explicar—: Ya estás haciendo el trabajo, para eso puedes hacerlo aquí. Hasta le puedes pedir a los otros que analicen las empresas que tú no quieras. ¿Quién sabe? A lo mejor ya lo han hecho. Estoy seguro de que las empresas que tú estás mirando se solapan con las que estamos analizando aquí. Podríamos reservar una parte del fondo para que la gestionases tú…

—Yo… Eso es… —Ella negó con la cabeza—. Te agradezco mucho la oferta, pero no puedo.

A él se le encogió el estómago. ¿Es que ella no quería pasar todo el tiempo con él? Había esperado que la sorpresa de verla en la oficina fuera una señal de que había empezado a echarlo de menos durante el día, pero quizá se equivocaba.

¿Acaso ella pensaba que no iban a durar y por eso se negaba a hacer pública su relación y a aceptar su oferta?

¿Para que las cosas no se pusieran incómodas entre los dos cuando todo terminase?

Porque él le estaba ofreciendo hacer lo mismo que ya hacía en casa, solo que rodeada de las personas con las que sabía que le encantaba trabajar, y no le interesaba en absoluto. Cambió de tema para evitar que lo invadiese el dolor. Al menos ella estaba allí, ya era algo.

—Siempre ha sido muy asustadiza conmigo —dijo señalando a Cecilia con la cabeza.

—¿Quién? ¿Cecilia?

—Sí. Al principio pensaba que era por ser el jefe, pero con Jason actuaba tan normal.

Sam se rio.

—Eso es porque Jason era prácticamente inofensivo. Tú, por otra parte, das un miedo de muerte a veces. No sé si te has dado cuenta, pero casi todo el mundo aquí ha desconfiado de ti en un momento u otro.

—¿Incluso tú? —preguntó él, sorprendido.

—Especialmente yo. Debo admitir que hubo momentos en los que pensé que no iba a durar en la empresa, sobre todo durante los primeros meses. Parecía que siempre estabas enfadado conmigo. —Se volvió hacia él y se encogió de hombros—. Sé que nunca quisiste que trabajase aquí.

Él recordó lo en contra que había estado de que ella trabajase en la empresa y compuso una mueca de dolor. Ni siquiera había intentado disimular lo inapropiada que le había parecido para el trabajo, pero Jason había persistido y ahora Luke lo agradecía. Nunca habría pasado esos últimos meses con Sam si Jason no hubiera insistido en que trabajase allí.

—Lo siento mucho, Sam. Debería haberte dado una oportunidad. —Era irónico lo mucho que había querido que se fuera al principio cuando ahora estaba dispuesto a hacer lo que fuese para que volviera.

—Lo más seguro es que yo me hubiera sentido igual en tu lugar —dijo ella mientras entraban en el ascensor privado—. No tenía experiencia con estos temas y mi experiencia en contabilidad apenas aportaba nada. Es un mundo totalmente distinto.

Pero había aprendido rápido y le había hecho tragarse todas y cada una de sus palabras. Las puertas del ascensor se cerraron y él la agarró del brazo.

—Siento mucho el dolor que te causé.

—No pasa nada. Ahora estamos en paz.

Él se rio y le entraron unas ganas repentinas de besarla. Estaba a punto de hacerlo cuando recordó las cámaras en el ascensor. Esa noche, se prometió a sí mismo, esa noche la besaría y la tocaría cuanto quisiera.

* * *

—Gracias por la comida —dijo Sam en el ascensor de camino a la oficina una hora y media después. Sabía que debería irse en cuanto llegasen a la oficina, pero se lo estaba pasando muy bien y no quería marcharse aún.

Luke le dedicó una sonrisa cálida.

—Cuando quieras.

Ella se estaba preguntando si el día siguiente sería demasiado precipitado cuando se abrieron las puertas del ascensor. Theresa se levantó de la silla de un salto en cuanto los vio.

—Luke, George te está buscando.

—Gracias —murmuró a su recepcionista mientras se dirigía rápidamente a la puerta de cristal que daba a la planta de finanzas y la abría para Sam.

En cuando entraron, escuchó la voz de George.

—Te he estado llamando al móvil.

George corrió hacia él con un fajo de papeles en la mano.

—Necesito que firmes esto —dijo entregándoselos a Luke.

Al ver que Luke estaba ocupado, Sam sonrió.

—Te veo luego.

Él la miró con agradecimiento.

—Gracias. —Se volvió hacia George y aceptó el bolígrafo que le estaba ofreciendo.

—¿Hojas de comercio? —le preguntó Luke a George mientras empezaba a firmarlas contra la pared.

A Sam le conmovió que Luke hubiera salido a comer con ella teniendo en cuenta lo ocupado que estaba y no pudo evitar recordar que, después de su primer fin de semana juntos, él se había ofrecido a invitarla a comer. Durante todos los años que trabajaron juntos, rara vez salía a comer fuera, y menos aún por una mujer. No le gustaba tener distracciones en horario de trabajo. Y, aun así, había estado dispuesto a ir con ella. Aunque intentaba decirse a sí misma que eso no significaba nada, sacó el móvil para decirle a Charles que arrancase el coche con una sonrisa de oreja a oreja.

Estaba a punto de apretar el botón de la llamada cuando se dio cuenta de que había una luz encendida en el despacho de Jason. Nunca se había despedido del todo, así que metió el móvil en el bolso y se acercó. Janet no estaba en su mesa. Se había enterado por Luke de que a la asistente de Jason la habían transferido al departamento de atención al cliente hacía unas semanas y estaba haciendo un trabajo estupendo.

Sam encendió el otro interruptor al entrar en esa habitación tan familiar. Todo, desde el mini campo de golf que había a la derecha hasta las fotos suyas con varios políticos, estaba tal y como él lo había dejado. La única pista de que no estaba de viaje de negocios eran las cajas blancas que había en el suelo y sobre su escritorio. Supuso que Janet había sacado todos los documentos del escritorio y el armario por si alguien los necesitaba.

Sam frunció el ceño mientras se sentaba en el sofá de cuero al fondo de la habitación. *Nada.* No sentía absolutamente nada. Había pensado que sentiría algo más cuando entrase ahí. Quizá ira por la forma en la que Jason había tirado su matrimonio por el retrete o frustración por los años que había malgastado con él, pero ni siquiera podía tenerle rencor por eso. Porque, si no fuera por él, nunca habría conocido a Luke ni hubiera experimentado esos maravillosos últimos meses.

*Luke.*

Sintió que se le contraía el pecho cuando se dio cuenta de que él era la razón de que ya no estuviera enfadada con Jason. Estaba tan contenta de no poder sentir nada más que felicidad. No era excusa para que Jason la hubiera engañado, pero podría entenderlo un poco más si él hubiera sentido aunque fuera un ápice de lo que ella sentía cuando estaba con Luke. Con Jason nunca se había sentido de esa forma.

Le dio un vuelco el corazón cuando se dio cuenta de que amaba a Luke. Y mucho más de lo que había amado a Jason. Ni siquiera estaba segura de que lo que había sentido por Jason fuese amor, porque esas emociones palidecían tanto en comparación con lo que sentía por Luke que no podía evitar pensar que lo de Jason había sido amor adolescente y lo de Luke amor con mayúsculas.

Decidió rápidamente que se lo confesaría a Luke esa misma noche.

Puede que él no sintiera lo mismo, pero quería que supiera que lo amaba. Se lo merecía después de haberla ayudado tanto. Si no hubiera sido por él, probablemente habría pasado los últimos meses enfadada y dolida, atrapada en el mismo bucle emocional. Súbitamente, sintió su corazón ligero y feliz mientras se levantaba para apagar las luces.

«Adiós, Jason».

—Necesito que firmes esto —dijo George pasándole un fajo de papeles.

Luke frunció el ceño.

—¿Hojas de comercio?

—Te veo luego —dijo Sam.

Luke suspiró y se giró para mirarla. Había tenido la

esperanza de pasar un rato a solas con ella, pero suponía que tendría que esperar hasta la noche.

—Gracias.

Ella siempre era muy considerada con su trabajo. Tomó el bolígrafo que le ofrecía George y empezó a firmar las hojas de autorización.

—Olson's ha reducido a la mitad sus beneficios después de perder sus ganancias estimadas. Culpan a la tormenta —dijo George irónicamente.

Luke negó internamente mientras le devolvía los documentos a George. Sabían que no había sido la tormenta porque el resto de grandes almacenes estaba teniendo un año de récord. Ya sabían que Olson's tenía problemas cuando lo compraron, pero habían visto potencial en su plan de recuperación. Sin embargo, cuando las tiendas renovadas resultaron ser más de lo mismo empezaron a vender sus acciones poco a poco. El recorte en los dividendos era la gota que colmaba el vaso.

Luke buscó la empresa en su móvil en cuanto George se fue. El precio del stock había caído más de una cuarta parte desde que lo anunciaron. Negando con la cabeza, se dirigió hacia su despacho para mirar su último informe.

Veinte minutos después, estaba en su despacho recalculando el flujo de caja libre cuando entró George.

—Hemos podido deshacernos de todo con una pérdida del veinte por ciento. —Hubo una pausa y George añadió —: No pude ponerme en contacto contigo.

Luke hizo un gesto de dolor al recordar que tenía el móvil apagado desde la noche anterior.

—Lo siento.

George tenía la autoridad para hacer transacciones pequeñas, pero para cualquier movimiento por encima de los diez millones necesitaba la autorización de Luke.

Su primer instinto fue subir la cantidad máxima con la que los gestores podían trabajar sin su aprobación, pero lo invadió la culpa. El problema no eran las cantidades. El problema era él. Se había estado tomando mucho tiempo libre para pasarlo por Sam, y a menudo se iba temprano y se reincorporaba tarde. Así que, no, aumentar la cantidad mínima para no tener que estar siempre pendiente del teléfono no era la solución. Un máximo de diez millones para una sola transacción ya era lo bastante grande. No debería haber apagado el teléfono.

Había tenido suerte de que fuera eso y no algo gordo como otro escándalo de contabilidad. Su culpa se intensificó al pensar que no había hecho la ronda extra de investigación que tenía por costumbre porque cada vez se fiaba más de los informes que habían hecho los analistas y los gestores.

Aunque su equipo era uno de los mejores en el negocio, a veces cometía errores. Su comprobación siempre había sido ese salvavidas extra. Sintió un nudo en el estómago cuando se dio cuenta del daño que podría haberles hecho ese contratiempo si hubiera sido más grande. Después de todo por lo que habían pasado, habría destruido Harkin.

George soltó un gran suspiro mientras se acomodaba en la silla frente a él, con los hombros hundidos.

—¿Estás pensando en cerrar la empresa?

—¿Qué? No. ¿Qué te hace pensar eso?

George hizo un gesto hacia él.

—No has estado involucrado estas dos últimas semanas: llegabas tarde al trabajo, te ibas pronto…

Se le clavó el recuerdo de lo rápido que había autorizado la venta de sus acciones en Seidler en cuanto vio que Sam lo necesitaba. Solo se preocupó en salir de allí lo más rápido posible.

¿De verdad acababa de arriesgar el futuro de la empresa por una mujer que ni siquiera quería que los vieran juntos? Gruñó mentalmente al acordarse de sus planes de aligerar su carga de trabajo cuando tuvieran hijos para así poder pasar más tiempo con ellos y con Sam.

—Lo siento, George. No permitiré que vuelva a ocurrir algo así.

Tenía una responsabilidad no solo consigo mismo, sino también con sus empleados e inversores. Su despreocupación podía costarle a un pensionista su merecida jubilación al igual que a su padre se la había arruinado el fondo de inversiones que la gestionaba. Esa idea reordenó las prioridades de Luke y le hizo centrarse. No podía decepcionar a nadie más.

# CAPÍTULO VEINTIDÓS

Sam no cabía en sí de la emoción mientras preparaba la mesa. Darse cuenta de que amaba a Luke había venido acompañado de la epifanía de que no quería seguir escondiéndose.

De hecho, lo quería todo con Luke: amor, una familia, matrimonio... Todos esos sueños que pensaba que habían muerto acababan de volver con una fuerza sorprendente, y esperaba que él deseara lo mismo. Se reservaría hablarle de matrimonio y familia para otra ocasión, pero le diría que lo amaba y que ya no quería seguir manteniendo su relación en secreto.

Era consciente de que eso había sido una cobardía por su parte. Había sido como si todo el rato tuviera un pie fuera, como si no hubiera pensado que iban a durar. Pero desde que había decidido confesarle a Luke sus sentimientos, una sensación de calma se había apoderado de ella y había dejado de preocuparle que su relación se rompiese, porque sabía que siempre se apoyarían el uno al otro.

Se enderezó y observó su trabajo. La mesa estaba perfecta. Había puesto un jarrón con rosas frescas para decorar y velas a ambos lados. El vino estaba enfriándose, la ensalada y la tarta estaban en la nevera y el resto de comida se estaba calentando en el horno. Estaba a punto de ir a ponerse el nuevo vestido negro que se había comprado cuando le sonó el móvil. Lo cogió y se le aceleró el pulso al ver el nombre de Luke en la pantalla.

«Lo siento, no puedo verte esta noche».

Sam frunció el ceño. Algo iba mal, lo sabía. Hacía mucho que Luke no cancelaba un plan. Aunque llegase tarde, siempre acudía. Y, cuando los había cancelado, nunca había esperado a última hora. Sam empezó a sentirse intranquila. ¿Se estaba preparando para dejarla?

Recordó su despreocupación y sonrisas cuando se fue de la oficina esa tarde y supo que no podía ser. Parecía más feliz que nunca.

Entonces, ¿por qué la dejaba plantada? ¿Había otra mujer? Se reprendió inmediatamente por pensar eso. Luke no era Jason, no era de los que ponían los cuernos. Puede que ambos fueran similares por fuera, pero eran completamente diferentes por dentro. Ahora lo veía.

Jason siempre tuvo esa languidez que no solo lo había impulsado a tener éxito, sino también a buscar la aprobación ajena, mientras que Luke nunca le había dado mucha importancia a lo que otros pensasen de él. Lo único que de verdad le importaba a Luke era Harkin.

Suspiró recordando lo dedicado que era en cuestiones de trabajo. Se estaba preocupando por nada. Luke siempre había vivido por y para Harkin desde que lo conocía; seguramente había alguna urgencia de la que tenía que ocuparse. Negando con la cabeza por haber sido tan tonta, respondió a su mensaje.

«Vale. ¿Te veo mañana?».

Hubo una breve pausa y su móvil volvió a sonar.

«Sí. Iré a tu casa».

Ella frunció ceño mientras guardaba el móvil y sacaba la cena del horno. Por mucho que se dijese a sí misma que estaba exagerando, no podía evitar tener la sensación de que algo iba fatal.

Dos días después, Luke dudaba fuera del apartamento de Sam sintiendo un peso en el pecho. No quería romper con ella. De hecho, no recordaba haber estado nunca tan feliz.

Pero esto no iba solo de él. Tenía que pensar en la empresa y los empleados, que merecían mucho más que un jefe con la cabeza en las nubes.

Había pensado ver a Sam solo los fines de semana, pero sabía que eso no funcionaría nunca. No solo dudaba de su habilidad para alejarse de ella entre semana, sino que también sabía que nunca se la sacaría de la mente, al igual que había pasado los últimos dos días. Antes de conocerla, nunca le había costado concentrarse en el trabajo, pero ahora consumía sus pensamientos.

Y, al igual que sus empleados e inversores, ella merecía mucho más que una fracción de su tiempo. Los últimos meses le habían demostrado que no podía dedicarse lo suficiente a Harkin y a Sam a la vez, así que lo mejor era dejarla ir. La idea de vivir sin ella era casi insoportable, pero no podía ser un egoísta y aprovecharse. Eso no sería mejor que lo que hizo Jason, y Luke no lo iba a repetir.

Lo peor de todo era que sabía que le iba a hacer daño. Puede que aún no estuviera enamorada de él, pero estaba a punto. Le gustaba estar con él tanto como a él le gustaba estar con ella y el hecho de que hubiera estado dispuesta a cenar con sus padres le indicó que estaba interesada en que su relación funcionase. Joder, hasta le había hecho el desayuno, aunque odiase cocinar. Habían sido pasos de bebé para encaminarse hacia eso que él había deseado desesperadamente.

Pero tenía que hacer lo que tenía que hacer. Sin duda, ella encontraría a alguien muy pronto. Se le encogió el estómago al pensar en ella con otro hombre, pero tenía que alejarse por el bien de los dos.

Abrió la puerta y encontró a Sam sentada a la mesa con el portátil abierto y un canal de noticias de negocios puesto de fondo. Ella lo miró con una sonrisa y él se dio cuenta con dolor de que nunca volvería a entrar en su apartamento y encontrarla trabajando, que nunca la escucharía cantar en la ducha ni volvería a amanecer con ella entre sus brazos.

Ella se levantó y se acercó a él mientras se quedaba ahí de pie, paralizado. No quería hacerlo.

Ella frunció el ceño cuando lo tuvo cerca.

—¿Qué pasa?

—Tenemos que romper —respondió él antes de perder el valor. Tirarse a la piscina y disfrutar lo que durase sería muy fácil, pero no podía hacerlo. La empresa merecía toda su atención y ella se merecía ser la prioridad de alguien—.

Lo siento —dijo sacudiendo la cabeza. Con el corazón roto, siguió hablando—. Tengo mucho trabajo en la oficina y ahora mismo no tengo tiempo para una relación. Harkin necesita toda mi atención.

* * *

—Oh. —A Sam se le cerró la garganta—. Lo entiendo —dijo, aunque no era verdad.

¿Qué tenía ella de malo?

Primero, Jason le había puesto los cuernos porque no era bastante buena para él, y ahora Luke pensaba lo mismo, porque sabía que lo de estar ocupado era una excusa. Podría haber dicho directamente que quería bajar un poco el ritmo y que se vieran cuando estuviera menos liado en el trabajo, pero ni siquiera le estaba ofreciendo eso. Quería cortar y estaba intentando que ella no se sintiera mal con eso de que estaba ocupado. Se dio cuenta a medias de que él la estaba abrazando y la envolvía su olor a limpio.

—Gracias —murmuró él separándose—. Ha sido increíble.

—No pasa nada —se forzó a responder ella. Aunque le estaba doliendo a rabiar, no quería estar con alguien que no quisiera estar con ella. Solo los habría conducido a ambos al fracaso—. De todos modos, solo era una aventura —. Intentó menospreciar el significado de su relación, pero sus palabras le sonaron falsas. Una burla de todas las intensas emociones que él le había hecho sentir—. ¿Amigos? —preguntó mirándolo, aunque solo se estaba engañando a sí misma. Ella se aseguraría de sacarlo de su vida para no tener que verlo jamás con otra mujer.

—Amigos. —Él dudó antes de entregarle algo.

Una llave. La llave de su apartamento.

A ella se le rompió el corazón. Lo tenía todo planeado, ¿no? Nunca tuvo la más mínima oportunidad de hacerle cambiar de idea. Y, en ese momento, le alegró no haber suplicado y haber respondido con dignidad y compostura.

—Gracias —dijo ella, aturdida.

—Sí. Pues… ya nos veremos por ahí.

En cuanto Luke se fue, Sam lloró todas las lágrimas que había estado conteniendo. No sabía cómo, pero le había dolido más que cuando se enteró de que Jason le ponía los cuernos. Luke le había llegado al corazón y le había hecho quererlo como a nadie, y temía no volver a estar bien nunca.

«Guau, es una compra buenísima. Tienes que comprar antes de que se te adelante alguien. ¡Y avísame cuando acabes para que yo también pueda comprar un poco!».

Dos semanas después, Luke estaba tumbado en la cama sonriendo suavemente mientras leía las conversaciones antiguas con Sam. Casi podía oír su voz y, como buen masoquista, no podía parar de leerlas. *Todas ellas.*

Iba a guardar como oro en paño los recuerdos de los últimos meses durante el resto de su vida y odiaba que los próximos recuerdos que tuvieran juntos fueran a ser como amigos. Ni siquiera estaba seguro de que eso fuera a pasar.

Aunque habían quedado en eso, ninguno de los dos se había puesto en contacto con el otro desde que rompieron y no esperaba que la cosa fuera a cambiar pronto. Él le había hecho daño y era comprensible que ella se alejase de él por el momento. O quizá no. No le habría sugerido que fueran amigos si quisiera perder el contacto.

En ese momento, él había pensado que intentar ser amigos sería un infierno, pero, tras dos semanas sin saber nada de ella, mataría por una llamada suya. Leyó otro mensaje, uno en el que le preguntaba qué quería para cenar, y supo que era hora de dejarla ir. Había hecho lo correcto rompiendo con ella y ahora tenía que apechugar.

Con el corazón roto, borró los mensajes.

Por un momento, sintió pánico al verlos desaparecer ante sus ojos, pero se curtió. Tenía que pasar página, no darle más vueltas. No tenía sentido mirar atrás y pensar en cómo las cosas podían haber sido diferentes. Así solo terminaría echándola aún más de menos.

Sabía que no iba a poder dormir, así que se levantó de la cama. Se desharía de todo lo que le recordase a ella porque, de lo contrario, nunca la olvidaría.

Fue a buscar una cesta limpia para la ropa y metió todas sus cosas dentro: su chaqueta, las camisas que se había dejado en su casa… Joder, hasta los regalos que Jason le había hecho a él a lo largo de los años.

Estaba metiendo en la cesta un libro que Sam le había regalado por Navidad dos años atrás cuando se acordó del anillo que estaba en la última balda de su armario. Lo puso ahí cuando le llegó porque no había querido mirarlo.

Suspirando, fue a coger el anillo. Había tenido muchas

esperanzas el día que lo encargó. Había pensado que su amor era suficiente para los dos. Estúpido, estúpido, estúpido. Consideró por un momento darle el anillo igualmente porque sabía que él lo acabaría donando, pero descartó la idea y lo tiró dentro de la cesta. Darle el anillo solo provocaría preguntas que él no quería responder. Porque, al final, no había cambiado nada. Seguía sin poder tenerla.

Se enderezó y se le cerró el pecho al ver la cama, esa cama en la que Sam y él habían pasado incontables horas abrazados, y se dio cuenta de que los recuerdos de Sam llenaban toda su casa y siempre lo harían.

Si de verdad quería deshacerse de ellos, tendría que mudarse.

* * *

Samantha Johnson.

Sam frunció el ceño al mirar su documento de identidad temporal. Había pensado que la haría feliz volver a tener su nombre de soltera, incluso que se sentiría aliviada, pero solo se sentía vacía por dentro. Para ser sincera, se llevaba sintiendo así desde que Luke rompió con ella. Estar juntos se había convertido en su segunda naturaleza y, sin él, se sentía perdida.

Sonó su teléfono y metió el papel en su bolso a toda prisa para cogerlo. El nombre de Nina aparecía en la pantalla.

—Hola, Nina —dijo mientras salía del juzgado al calor veraniego de la calle.

—Cariño, ¿qué te pasa?

Ella hizo un gesto de dolor. Estaba tan ensimismada en sus pensamientos que había olvidado sonar alegre una vez más.

—He vuelto a cambiar mi nombre a Johnson, pero parece que todavía no lo asimilo. Quizá cuando me llegue el carné de conducir sea diferente.

—Cariño, lo que te hace falta es vengarte con sexo, no un carné de conducir.

Se sintió culpable al recordar cómo había usado a Luke. No había sido justo por su parte, pero ahora estaba pagando por ello.

—Ya lo hice, pero no funcionó. —Durante un tiempo se había engañado a sí misma pensando que su relación era algo más, pero, en realidad, había sido solo un rollo.

—Que tú, ¿qué? ¿Con quién? ¿Cuándo? ¿Cómo?

Sam dudó. Como la relación no había funcionado, agradecía que solo supieran de ella unas pocas personas. En cierto sentido, había hecho la ruptura más fácil porque no había tenido que lidiar con las miradas y las preguntas de la gente. Pero Nina era como su familia y, antes de todo eso, siempre se lo había contado todo, así que murmuró:

—Con Luke.

Hubo una pausa antes de que su amiga respondiese.

—Tú nunca haces nada a medias, ¿no? Yo estaba pensando más bien en un profesor o un médico, pero tú te lanzaste directamente al abismo.

—No creo que pudiera acostarme con alguien a quien no conozco —confesó Sam.

—Lo sé, el sexo casual no es para todo el mundo. ¿Por qué no funcionó? ¿Fue malo?

—Fue increíble —admitió Sam. El mejor que había tenido nunca.

—Dios mío. Te has pillado de él, ¿a que sí?

—Sí. —La palabra apenas pudo atravesar el enorme nudo que sentía en la garganta. Después de todo ese tiempo, pensaba que ya había llorado bastante, pero no.

—Ay, cariño. Lo siento mucho.

—Fue mi culpa. Al principio sabía que era solo sexo, pero me resultó muy fácil enamorarme de él —suspiró Sam—. Sé que soy una desagradecida. Por fin conseguí la ruptura limpia que quería hace unos meses: he vendido la casa y la parte de la empresa de Jason, he conseguido un apartamento en la ciudad y me he cambiado el apellido…

Y, con lo que había pasado con Luke, dudaba que fuera a volver a ponerse en contacto con ella. Iba a empezar de cero de verdad, pero esta vez no quería. Por muy inteligente que fuera la opción, odiaba la idea de no volver a ver a Luke.

—Pero resulta que no es lo que tú querías —dijo su amiga con perspicacia, como si le estuviera leyendo la mente.

—Sí.

—Oye, ¿por qué no vienes a verme este fin de semana? Así conocerías a Andrew y podrías ayudarme a elegir mi vestido de novia. También podemos mirar las cosas para la dama de honor. Porque vas a ser mi dama de honor, ¿no?

—Me encantaría —admitió Sam—, pero ¿no crees que soy la persona menos indicada después de todo lo que ha pasado?

—Creo que eres una romántica incurable y la única persona a la que querría tener como dama de honor.

Lo último que le apetecía a Sam era estar rodeada de vestidos de novia y dama de honor, pero hizo a un lado su tristeza por Nina.

—Entonces, me encantaría serlo.

# CAPÍTULO VEINTITRÉS

Luke escuchó cómo llamaban suavemente a la puerta de su despacho antes de abrirla.

—Son casi las dos y aún no has comido —dijo Sheila—. ¿Quieres que te pida algo?

—No tengo mucha hambre —respondió Luke sin levantar la mirada del informe que estaba leyendo. No estaba de humor para hablar con nadie.

—Vale —dijo su asistente, pero de pronto se detuvo—. No, no vale. He intentado no meterme, pero ya está bien. ¿Qué ha pasado?

Sorprendido por su reacción, Luke levantó la mirada y vio a Sheila, que normalmente era muy formal, mirándolo como si quisiera matarlo.

—No ha pasado nada —dijo él finalmente—. Simplemente no me apetece comer. —No tenía mucho apetito.

—No sé qué le habrás dicho a Sam, pero discúlpate y ya está.

A él le dio un vuelco el corazón al escuchar el nombre de Sam antes de asimilar lo que su asistente acababa de decir.

—¿Sabes lo de Sam?

Sheila puso los ojos en blanco y cruzó los brazos.

—No hay que ser un lince para darse cuenta de lo cascarrabias que estabas cuando se fue Sam y lo feliz que has estado desde la gala. —Él no respondió y ella continuó—. Simplemente discúlpate por lo que hayas hecho o dicho, porque vas a empezar a asustar a la gente con esos gruñidos y miradas que te gastas.

Sus palabras le recordaron a la conversación que había tenido con Sam cuando fue a comer con él. Si hubiera sabido que esa sería la última vez que saldrían juntos... Se dio cuenta de algo y frunció el ceño.

—¿No te molesta lo mío con Sam? —preguntó, sorprendido. Jason siempre había sido popular entre los empleados. Luke no podía imaginárselos aceptando que él estuviese con la viuda de su amado jefe.

Sheila se encogió de hombros.

—Esto es Wall Street, todos estáis un poco locos. Además, por lo menos no le has robado la novia a tu hijo como el tío ese, Rick —dijo, refiriéndose a otro gestor de fondo de inversiones que se había divorciado de su mujer para casarse con la novia de su hijo—. Todavía no me puedo creer lo de ese cabrón enfermo. —Negó con la cabeza—. Avísame si cambias de idea con lo de la comida.

Luke se pasó una mano por el pelo cuando su asistente se fue. Sabía que Sam no aprobaría la forma en la que se había comportado últimamente, pero se sentía muerto en vida. Era como si estuviera viviendo en modo automático.

Ni siquiera le ayudaba haber vuelto a encarrilar Harkin. Era como si tuviera un agujero en el corazón y le daba miedo no volver a sentirse bien nunca. Había escuchado eso de que es mejor haber amado y perdido que no haber amado nunca, pero dudaba que quien dijese eso hubiera sentido ni un ápice de lo que él sentía por Sam. No tenía ni idea de cómo iba a seguir adelante sin ella. Sam lo tenía tan alterado que no podía dormir. Solo podía pensar en ella, y no tenerla… Soltó un gemido. Aunque le habían encantado esos maravillosos meses que habían pasado juntos, sabía que habría sido mejor vivir negando sus sentimientos que saber lo que se estaba perdiendo.

Con esa idea ten deprimente, ignoró sus caóticos pensamientos y se centró en lo único que podía controlar: el trabajo.

Al día siguiente, Luke acababa de darse una ducha cuando sonó su teléfono.

Sam.

Lo invadió la emoción al pensar en las posibilidades por las cuales le habría escrito y tuvo que deslizar el dedo por la pantalla tres veces para poder abrir el mensaje.

«¿Puedo subir?».

¡Estaba en su bloque! ¿Había vuelto para decirle que se había equivocado y que estaban hechos el uno para el otro? ¿O solo quería pasar a saludarlo? De cualquier forma, le alegraba verla.

«Claro. El código es el mismo y tu huella aún funciona».

Le dio a «enviar» y se vistió con rapidez. Justo cuando llegó al salón se abrió la puerta del ascensor. El corazón le dio un vuelco y, como si estuviera muerto de hambre, se la comió con la mirada: su pelo oscuro y esos preciosos ojos. Podría mirarlos todo el día. Estaba tan feliz de verla que no se dio cuenta de que llevaba una caja en las manos hasta que prácticamente la empujó contra él.

—Aquí están las cosas que te dejaste en mi casa.

Él agarró la caja sintiendo un nudo en el estómago. Se estaba deshaciendo de sus recuerdos. ¿Tan poco había significado para ella su tiempo juntos? Se le cerró la garganta al darse cuenta de que para ella todo había sido una aventura. Y, aunque lo sospechaba, la confirmación era como un golpe en el pecho.

—Espera, te voy a traer las tuyas —dijo apartándose de forma instintiva. Si no quería tener nada que ver con él, tampoco él con ella.

Cogió la cesta donde había metido todas las cosas de Sam unas noches atrás y volvió rápidamente. Ella no se había movido de donde estaba, a unos metros del ascensor, y él supuso que no quería quedarse más de lo necesario. Furioso, casi le tiró la cesta.

Se arrepintió en cuanto ella la agarró. Había borrado todos sus mensajes y ya no le quedaba nada de ella. Estuvo a punto de tirar de la cesta y decirle que había un error cuando ella murmuró:

—Gracias. —Le dedicó una sonrisa suave—. Las grandes mentes piensan igual, ¿no?

Era demasiado tarde.

—Nos veremos por ahí. —Ella se dio la vuelta y se

dirigió al ascensor. Él deseó que volviera, pero las puertas del ascensor se abrieron y ella se fue una vez más.

* * *

¿Cómo podía doler tanto?

A Sam se le contrajo el pecho cuando puso la cesta que Luke le había dado en el sofá. Solo habían estado juntos tres meses. Tres meses. ¿Cómo era posible que la ruptura le afectase tanto? Especialmente después de todo lo que había pasado con Jason. ¿No debería ser la destrucción de su matrimonio lo peor que le había pasado? Pero no lo era.

Suspiró y se pasó una mano por el pelo. Debería haber tenido claro desde el principio que no podía haber esperado mucho de Luke; ya conocía su historial. Pero era como si, con cada sonrisa y cada beso que Luke le había dado, hubiera perdido un poco más de sí misma.

¿Dónde estaban su orgullo y su dignidad? Si él no la quería, ella no debería quererlo, ¿no? Pero lo quería, lo quería con cada fibra de su ser. Casi parecía injusto querer a alguien de la forma que ella quería a Luke y que no fuera correspondido. ¡Y cómo le había devuelto sus cosas, como si nada! Lo tenía preparadísimo. ¡Seguramente hacía lo mismo con todas las mujeres con las que salía!

No como ella, que solo había querido deshacerse de todos los recuerdos que la hacían echarlo de menos más de lo que podía soportar. Intentó contener las lágrimas mientras miraba dentro de la cesta y cogía el jersey rojo que se había dejado en su casa.

De repente, la invadió la ira. Igual era bueno saber lo

poco que había significado para él, porque así lo superaría mucho más rápido. Decidida a pasar página, cogió la cesta y vació su contenido sobre el sofá.

Una caja negra aterrizó sobre su jersey y ella frunció el ceño. No recordaba haberle dado nunca algo tan pequeño. Cogió la caja, sintiéndose tensa. ¿Serían los gemelos que Jason y ella le habían regalado? No recordaba nada de esos gemelos a excepción del diseño, así que abrió la caja y sintió que se le caía el mundo encima.

¿Un anillo de diamantes?

Empezó a repasar en su mente de forma frenética las razones por las que Luke podía tener un anillo de diamantes. ¿Había conocido a alguien? ¿Se lo estaría guardando a un amigo? Sabía que ni Adam ni Brian tenían novia formal, así que se dio cuenta de que Luke debía de haber conocido a alguien. Por eso había roto con ella. ¡No era que estuviera ocupado, es que había otra mujer!

Le dolió el pecho al pensar en él casándose con otra mujer y se dio cuenta de que él nunca se precipitaba con estas cosas. Luke nunca le habría comprado un anillo a alguien que acababa de conocer. Era meticuloso hasta decir basta.

La invadió la ira al pensar que debió haber estado viéndose con las dos al mismo tiempo. ¡Con razón había estado tan dispuesto a mantener su relación en secreto!

Sintiendo que le ardía la sangre, cerró la caja de un golpe y se dirigió a la puerta. ¡No había tenido la oportunidad de cantarle las cuarenta a Jason, pero Luke la iba a oír!

* * *

El saco de boxeo chirrió al balancearse hacia atrás y a Luke se le tensaron los músculos mientras volvía hacia adelante. Gancho derecho, puñetazo por la izquierda. El saco sonaba al moverse y él lo golpeaba aún más fuerte cuando volvía para descargar toda su frustración. Sabía que no tenía que haber empezado nada con Sam. Se había estado engañando a sí mismo pensando que podía haber algo real entre ambos.

Le dio dos ganchos al mentón al saco. Cómo deseaba poder volver atrás en el tiempo e impedir que todo eso hubiera ocurrido. Le empezaron a doler los puños, pero siguió golpeando. El dolor era mejor que la insensibilidad que llevaba sintiendo desde que rompieron. Estaba tan centrado el golpear el saco que casi no escuchó el sonido del ascensor.

Gimió al pensar que probablemente fuera su madre, que iba a ver cómo estaba porque había estado ignorando sus llamadas. Sabía que debería haber cogido el teléfono, pero no tenía ganas de fingir que todo estaba bien cuando no era así. Todavía no le había contado que Sam y él ya no estaban juntos. No quería la compasión de su madre, pero, además, admitir que habían roto ante las pocas personas que sabían de su relación lo hacía parecer definitivo. Con un suspiro, se quitó los guantes y se dirigió al salón. En lugar de a su madre, vio a Sam dirigiéndose hacia él, furiosa. Ella le lanzó algo con una mirada asesina.

—¿Te importaría explicarme qué es esto? —preguntó Sam.

Él bajó la mirada y se le contrajo el pecho al ver el anillo.

—No es nada —respondió él. Sam no necesitaba saber que había sido lo suficientemente tonto como para pensar que podrían pasar el resto de su vida juntos.

—«No es nada» —lo imitó ella—. ¿Cómo has podido hacernos esto a mí y a la otra mujer? Pensaba que eras mejor persona.

—¿Qué? —preguntó Luke, confuso—. ¿Qué otra mujer?

—No me puedo creer que le pusieras los cuernos a quien sea que estés viendo conmigo. —Odiaba ver la decepción en sus ojos, especialmente porque él no le había puesto los cuernos a nadie. El nunca habría tomado su amor por sentado de esa manera. Habría aceptado su amor con gusto y habría pasado el resto de su vida asegurándose de que ella no se arrepintiese de su decisión.

—Jamás le he puesto los cuernos a nadie —le contestó. Odiaba que tuviera tan mala opinión de él—. Siempre te fui fiel.

Los ojos de Sam relampaguearon.

—No me lo puedo creer, ni siquiera piensas admitirlo. Toma, aquí tienes tu anillo.

—Quédatelo —le ofreció él rápidamente. Puede que se arrepintiese de haber borrado todos los mensajes y devolverle todas sus cosas, pero se rompería si tuviera ese anillo. Solo le recordaría todo lo que había perdido—. De todas formas, no hay pedida de mano.

—Bueno, ha estado bien ayudarte a arreglar tu vida —dijo ella con sarcasmo. Le clavó la caja en el pecho y se fue de su casa por segunda vez ese día. A Luke se le encogió el estómago al pensar que la mujer que amaba tenía tan mala opinión de él.

—Espera —le pidió siguiéndola. Como ella no se detuvo, la agarró del brazo. En cuanto lo hizo, el instinto se apoderó de él y la besó.

No sabía por qué, pero ella le devolvió el beso a pesar de que podía sentir la ira que irradiaba. Pero ni siquiera la ira podía estropear el beso, porque volvía a tenerla entre sus brazos.

Entonces, algo cambió. Ella se ablandó y él se sintió menos desesperado. Era como si se estuvieran tomando su tiempo para volver a saborearse. Él gimió mientras la tocaba. Joder, cómo la había echado de menos. La besó con más intensidad y se sintió como en casa: le encantaba su sabor, su tacto, ella…

Ella se separó demasiado pronto.

—Te quiero —dijo él. Odiaba la idea de que esa fuera la última vez que podría saborear sus labios o tenerla entre sus brazos.

Ella se rio.

—¿Qué pasa? ¿Te salió mal la otra pedida de mano y te has pasado a la siguiente?

—Nunca ha habido otra mujer —dijo él, frustrado—. Solo tú. Compré ese anillo para ti.

Ella dudó un milisegundo y su mirada volvió a endurecerse.

—¿Antes o después de romper conmigo?

—Antes.

—Entonces, después de comprarme un anillo, ¿decidiste romper conmigo? Tienes que currarte más esa historia.

Al ver que Sam estaba a punto de salir huyendo, Luke sintió más miedo que nunca en su vida.

—No te vayas —dijo él sujetándola de nuevo—. Te quiero —le dijo mientras enterraba la cara en su cuello y lo envolvía su familiar aroma a vainilla—. Siempre te he querido.

—¿Cómo que siempre? ¿Qué significa eso? —preguntó Sam, sonando recelosa de repente mientras se soltaba para mirarlo.

—Siempre te he querido —respondió Luke sin rodeos —. No sé cómo pasó. Al principio, pensaba que debería encontrar una mujer como tú y, antes de darme cuenta, te quería a ti. Probablemente esa fue la razón por la que te conté lo de las aventuras de Jason hace años. —Suspiró y se pasó una mano por el pelo—. Bueno, mejor dicho, *esa* fue exactamente la razón por la que te lo conté. No fue mi momento más brillante, pero odiaba ver que él no te apreciaba. Me mataba verlo salir de la oficina y saber que era mentira que fuese a una reunión. Tú merecías mucho más. —Se le cerró la garganta. Estaba deseando tocarla, pero sabía que no tenía ese derecho. —Sé que yo tampoco te merezco, pero te *necesito* en mi vida. Por favor, no te vayas.

* * *

—Sé que lo he estropeado todo, pero me estoy volviendo loco. —Luke se hincó en una rodilla sin soltarle la mano—. ¿Me harías el honor de convertirte en mi esposa?

A Sam le dio un vuelco el corazón al ver el amor reflejado en los ojos de Luke. No podía creer lo que estaba oyendo. ¿Él la quería?

—¿Lo dices en serio?

—Sí. No me puedo imaginar la vida sin ti, y tampoco la quiero. Estas últimas semanas han sido una auténtica tortura.

Ella negó con la cabeza, confundida.

—¡Pero fuiste tú el que me dejó!

Él hizo una mueca.

—Me distraías demasiado. Era demasiado fácil dejar las cosas de la oficina de lado porque lo único que quería hacer era estar contigo, pero me he dado cuenta de que estar sin ti es peor aún. Te necesito en mi vida, Samantha. Di que sí, por favor.

«¿Es esto real?»

Sam lo miró a los ojos y vio sinceridad en ellos. Parpadeó para contener las lágrimas de agradecimiento mientras se arrodillaba junto a él.

—No pensaba que pudiera volver a enamorarme, especialmente después de lo que pasó con Jason —dijo ella sujetándole la cara—, pero estoy más enamorada de ti de lo que nunca lo estuve de él. Nunca he estado tan desolada como estas últimas…

Él la interrumpió con un beso y a ella le pareció bien. Nunca se iba a cansar de sus besos.

—Te quiero —dijo él cuando se separó y la miró a los ojos.

Ella sintió que su corazón se llenaba de alegría al escuchar esas palabras.

—Yo también te quiero.

Él rio y los dos se levantaron y volvieron a besarse.

—Dilo otra vez —le pidió él rompiendo el beso.

—Te quiero. —Él sonrió antes de volver a besarla. Ella sintió escalofríos cuando él la agarró por la cintura antes de levantarla y dirigirse al dormitorio.

La tumbó sobre la cama con delicadeza.

—Yo también te quiero —le dijo mientras le sujetaba la cara y procedía a demostrarle cuánto.

# EPÍLOGO

*Un año y medio después.*

Luke sintió que se le comprimía el pecho cuando Sam entró en su despacho empujando el carrito. Después de todo ese tiempo, aún causaba en ese efecto en él con solo con entrar en una habitación. No sabía cómo había tenido tanta suerte de que fuera su esposa y ese bebé precioso y sano fuese su hija, pero estaría eternamente agradecido. Lo eran todo para él.

Aún le asustaba lo cerca que había estado de perder a Sam.

No podía creer que hubiera estado a punto de elegir a la empresa antes que a ella, que hubiera pensado siquiera que tenía que elegir. Vale, le había costado un poco acostumbrarse a delegar en otros, pero no había sido tan difícil como se había imaginado, especialmente si significaba tener más tiempo libre para pasarlo con Sam.

Se levantó para besar a su esposa. Cuando se separaron, Sam tenía las mejillas sonrojadas y él no pudo evitar sonreír al ver que también seguía causando ese efecto en ella.

—¿Está dormida? —preguntó haciendo un gesto hacia Suzie, su hija.

Sam sonrió.

—No, se despertó cuando íbamos por la planta de transacciones. Todo el mundo tenía que verla. —Aunque la prensa había sido muy crítica con su relación, e incluso había afirmado que esta había empezado cuando Jason aún vivía, los empleados lo habían aceptado muy bien, para su sorpresa.

Adam había dicho que era porque Luke era mejor jefe ahora que se había casado con Sam, pero la opinión de Luke era que los empleados estaban contentos de que ella hubiera vuelto a la oficina. De cualquier manera, se sentía agradecido. No quería que nadie tratase a su hija de forma distinta basándose en de quién se hubieran enamorado sus padres.

Se agachó y vio unos bonitos ojos oscuros como los de Sam que lo miraban desde debajo de la manta.

—Hola, nenita —dijo poniéndole la mano delante. Se derritió cuando Suzie, abriendo mucho los ojos, sonrió y le agarró la mano.

—Tengo una reunión en diez minutos —dijo Sam. Además de gestionar el dinero de sus amigos y su familia, también gestionaba una parte de la cartera de la empresa—. ¿Quieres cuidarla mientras o se lo pido a Brenda? Está abajo, ligando con Ruben otra vez.

A Luke le hizo reír la idea de su niñera ligando con el guarda de seguridad.

—Déjalos, creo que ya se nos ocurrirá algo que hacer.

Como si estuviera de acuerdo, Suzie aplaudió y dio unas patadas.

—Gracias. —Sam se acercó para darle un pico en los labios, pero él tenía otros planes. Le dio la vuelta al carrito y rodeó a Sam con un brazo, besándola con más intensidad. Después de todo, tenían diez minutos.

# NOTA DE LA AUTORA

¡Muchas gracias por leer *Deseos tácitos*!

Para saber más de mis nuevos lanzamientos, suscríbete a mi lista de correo en natashagrace.com/es

# AMOR FUERA DE HORARIO

Olivia Montgomery debería estar entusiasmada de que la hayan puesto al mando de la reforma de The Mansion. Lleva años queriendo restaurar el viejo hotel de su abuelo y devolverlo a sus días de gloria. Por desgracia, su nuevo dueño, Adam Campbell, tiene otros planes. En lugar de restaurar el hotel, quiere demolerlo, y Olivia no puede permitirlo. Hará lo que sea necesario para conservar la visión de su abuelo, pero, cuando Adam se da cuenta de sus intenciones, decide vigilarla de cerca. Muy de cerca.

www.ingramcontent.com/pod-product-compliance
Lightning Source LLC
Chambersburg PA
CBHW060800190726
48285CB00002B/502